AF176614

Alt Berliner Humor

Lustiges im Dialekt des alten Berlin

Impressum

Die Beiträge in diesem Buch stammen aus dem gleichnamigen Buch, welches im Jahr 1920 im Verlag Ullstein & Co erschienen ist. Dies ist ein Nachdruck mit Ergänzungen zu den Autoren.

Bibliografische Information der Deutschen Nationalbibliothek:
Die Deutsche Nationalbibliothek verzeichnet diese Publikation in der Deutschen Nationalbibliografie; detaillierte bibliografische Daten sind im Internet über http://dnb.dnb.de abrufbar.

Autoren:
Adolf Glasbrenner
Georg Hermann
David Kalisch
Julius von Voß

Lektorat: Vorname Name oder Institution
Korrektorat: Vorname Name oder Institution
weitere Mitwirkende: Vorname Name oder Institution

Herstellung und Verlag: BoD – Books on Demand, Norderstedt

ISBN: 978-3-7557-3730-8

Aus heutiger Sicht

sind viele Texte, die in früheren Zeiten erschienen, nicht mehr vertretbar. Damit stellt sich die Frage, ob solche Texte bei der Konvertierung in ein modernes eBook entfernt werden sollen. Oder sollen sie einfach bleiben? Eine dritte Variante ist es sie zu belassen, aber einen einordnenden Kommentar hinzuzufügen.

Jeder der Möglichkeiten hat Vor- und Nachteile. So ist es zum einen Ziel dieses Nachdrucks klassische Texte auch für die Zukunft zugänglich zu machen und das möglichst unverfälscht. Dazu gehören dann eben auch die, aus heutiger Sicht, negativen Eigenheiten ihrer Zeit. Das Verständnis dafür, wie Vorurteile entstehen und sich verfestigen, lässt sich besser entwickeln, wenn entsprechende Beispiele zur Verfügung stehen.

Auf der anderen Seite werden damit aber auch problematische Texte weiter verbreitet.

Dennoch entscheide ich mich meist dafür problematische Texte unkommentiert zu übernehmen. Es steht mir einfach nicht zu Menschen und ihre Texte aus früheren Zeiten mit heutigen moralischen Maßstäben zu messen.

Manchmal aber bringen ich das nicht über mich und entferne doch ein paar Absätze. So wurde im vorliegenden Buch ein Halbsatz entfernt in dem vom „ewigen Juden" die Rede war. Georg Hermann, Autor des Vorwortes, wurde in Auschwitz ermordet.

Problematisch sind aus heutiger Sicht auch die Geschichten, „Der Eskimo" und „Beim Vicekönig von Aegypten". Diese sind aus der vorliegenden Ausgabe ebenfalls entfernt worden.

Frank Kemper

Über die Autoren

Die hier aufgeführten Informationen zu den Autoren sind Zusammenfassungen der jeweiligen Wikipediaartikel.

Adolf Glasbrenner

Adolf Glaßbrenner (* 27. März 1810 in Berlin als Georg Adolph Theodor Glasbrenner; † 25. September 1876 ebenda) war ein deutscher Humorist und Satiriker, „Erfinder der querköpfig-verschmitzten Type, der Protokollant des biedermeierlichen Berlin, gar der Vater des Berliner Witzes". Sein berühmtestes Werk schuf er von 1832 bis 1850 mit der Schriftenreihe Berlin wie es ist und – trinkt unter dem Pseudonym „Brennglas". Insgesamt 32 Hefte erschienen in Berlin und Leipzig, einige davon mit Karikaturen von Theodor Hosemann. Ähnlichen Inhalts waren die Hefte Leben und Treiben der feinen Welt von 1834 und Berliner Volksleben von 1848 bis 1851.

Im Sommer 1827 erschien Adolf Glaßbrenners erste „Publikation" – für den Berliner Courier verfasste er ab diesem Zeitpunkt Rätsel für die Rubrik „Damen-Sphynx". Es folgten einige Auftragsarbeiten, davon hauptsächlich Nachrufe in Gedichtform. Im Jahr 1829 ergriff er die Möglichkeit zur Mitarbeit am neu gegründeten Berliner Eulenspiegel, der sich gegen Preußen positionierte. Glaßbrenner veröffentlichte unter dem Pseudonym Adolf Brennglas kritische Texte. Trotz zweimaliger Umbenennung wurde die Zeitschrift verboten, und so beschloss er 1830, selbst Journalist und freier Schriftsteller zu werden.

Am 3. Oktober 1831 reichte er daher beim Polizeipräsidenten ein Gesuch ein, in dem er um die Erlaubnis bat, eine eigene Zeitschrift herausgeben zu dürfen; mit der Angabe, keine politischen Inhalte in dem Blatt publizieren zu wollen. Das Gesuch war erfolgreich, und Adolf Glaßbrenner war seit Januar 1832 Herausgeber des Berliner Don Quixote – ein Unterhaltungsblatt für gebildete Stände. Es erschien erst zwei-, dann viermal wöchentlich. Wegen politischer Anspielungen wurde Glaßbrenner wiederholt verwarnt und schließlich Ende des Jahres 1833 mit einem fünfjährigen Berufsverbot belegt.

Daraufhin verfasste er sehr erfolgreich Groschenhefte, die meist im Berliner Dialekt erschienen. Wegen seiner politischen und sittlichen Satire wurde Adolf Glaßbrenner immer wieder zensiert.

Georg Hermann

Georg Hermann, eigentlich Georg Hermann Borchardt (geboren am 7. Oktober 1871 in Berlin; ermordet am 19. November 1943 im KZ Auschwitz-Birkenau) war ein deutscher

Schriftsteller und ein jüdisches Opfer des Holocaust.

Georg Hermann war im ersten Drittel des 20. Jahrhunderts ein vielgelesener Schriftsteller. Sein literarisches Vorbild war Theodor Fontane, was ihm auch die Bezeichnung „jüdischer Fontane" eintrug. Die Romane Jettchen Gebert und Henriette Jacoby, die im Berlin der Jahre 1839/40 spielen und ein Bild des liberalen Geistes dieser Zeit in einer jüdischen Familie zeichnen, waren seinerzeit Bestseller und konnten zusammen mehr als 260 Auflagen aufweisen. Seine Anderen Romane erreichten nicht die gleiche Popularität.

Georg Hermann war 1909 Mitgründer und 1910–1913 erster Vorsitzender des Schutzverbandes Deutscher Schriftsteller, dem bald fast alle prominenten Schriftsteller deutscher Sprache beitraten.

Hermann zog noch vor Ausbruch des Ersten Weltkriegs nach Neckargemünd.

David Kalisch

David Kalisch wurde geboren am 23. Februar 1820 in Breslau; verstorben am 21. August 1872 in Berlin) war ein deutscher Schriftsteller.

Der frühe Tod des Vaters machte David Kalisch aus finanziellen Gründen den weiteren Besuch des Gymnasiums unmöglich. Kalisch bedauerte es sein Leben lang, dass er als 15-Jähriger eine kaufmännische Lehre beginnen musste.

Obwohl er als Kaufmann erfolgreich war, gab er 1844 seine Stellung auf und ging nach Paris, mit dem erklärten Ziel Schriftsteller zu werden. Dort schrieb er für verschiedene deutsche Zeitschriften und begegnete u. a. Georg Herwegh und Karl Marx. Auch mit Heinrich Heine und Pierre-Joseph Proudhon schloss er Freundschaft. Da Kalisch von finanziellen Sorgen geplagt wurde, arbeitete er nebenbei als Fremdenführer und nahm vorübergehend auch wieder eine Stelle als Verkäufer an.

1846 kehrte Kalisch nach Deutschland zurück und schrieb in Leipzig für das Charivari von Eduard Maria Oettinger. Einige Zeit befand sich Kalisch aber wieder in kaufmännischer Stellung in Berlin. Dort brachte ihm seine Lokalposse Hunderttausend Taler den Durchbruch. In Berlin heiratete Kalisch auch Sophie Albrecht. Mit ihr hatte er zwei Töchter und drei Söhne. Eine seiner Schwiegertöchter wird die Sängerin Lilli Lehmann, einer seiner Schwiegersöhne der Schriftsteller Paul Lindau.

Grab auf dem Alten St.-Matthäus-Kirchhof in Berlin-Schöneberg

Der Vater von Joachim Ringelnatz, Georg Bötticher, erwähnt David Kalisch in seinem Gedicht über das Leben in einer Kleinstadt.

In seiner Pariser Zeit hat Kalisch das französische Theater näher kennengelernt – sein Erfolgsstück entstand nach einer französischen Vorlage, was aber dem Erfolg keinerlei Abbruch tat. Kalisch schilderte in seinen Stücken das Berliner Milieu derart lebendig, dass sogar einige Zitate aus den Stücken in die Berliner Umgangssprache übernommen wurden.

1848 gründete Kalisch zusammen mit dem Verleger Bernhard Wolff und Anderen die liberale National-Zeitung sowie zusammen mit dem Verleger Heinrich Albert Hofmann die Zeitschrift Kladderadatsch; für diese wöchentlich erscheinende Zeitschrift arbeitete Kalisch nun die nächsten 24 Jahre im Hauptberuf. Von den drei Gelehrten des Kladderadatsch war er neben Ernst Dohm und Rudolf Löwenstein wohl der produktivste. 1852 konvertierte David Kalisch von der jüdischen zur evangelischen Religion.

Am 21. August 1872 starb David Kalisch in Berlin. Er wurde auf dem alten St.-Matthäus-Kirchhof in Berlin-Schöneberg bestattet. Sein Grab war von 1958 bis 2014 als Ehrengrab der Stadt Berlin gewidmet.

Julius von Voß

Julius von Voß (* 24. August 1768 in Brandenburg an der Havel; gestorben am 1. November 1832 in Berlin) war ein deutscher Schriftsteller und Begründer der Berliner

Lokalposse. Er entstammte dem alten deutschen Adelsgeschlecht Voß. Als Sohn des Oberstleutnants und Assessors im Kriegskollegium Georg Adam von Voß (1733–1791) schlug er mit 14 Jahren eine militärische Karriere ein. 1782 kam er zum Infanterieregiment „von Wunsch". Die satirische Ader seines Regimentschefs machte ihm keine Freunde, und so kam er in das Infanterieregiment „von Pfuhl". Er beschäftigte sich mit der Kriegswissenschaft und arbeitete Reformvorschläge aus, die jedoch nicht beachtet wurden.

1794 wurde Voß Adjutant des Oberst von Hundt. Mit Glück und Geschick konnte er im Kościuszko-Aufstand die schlecht befestigte Festung Thorn und die dortige Kriegskasse mit 1,5 Millionen Talern retten. Er bekam zwar dafür den Orden Pour le Mérite, sein Oberst wurde jedoch sogar General, bekam ebenfalls den Pour le Mérite und dazu auch wertvolle Güter. Dieses Missverhältnis fachte Voß' satirische Neigung wieder an.

Da er vergeblich auf seine militärische Beförderung wartete, nahm er 1798 seinen Abschied vom Militärdienst und widmete sich von nun an ganz der schriftstellerischen Tätigkeit. Er durchwanderte Deutschland, Schweden, Frankreich und Italien, kehrte aber nach Berlin zurück.

Seine Bestrebungen, eine feste Anstellung am Theater zu erhalten, blieben ergebnislos. Er verfiel mehr und mehr dem Alkohol. Beim Konkurs seiner Bank verlor er sein gesamtes Vermögen. So verbrachte er die letzten 10 Jahre seines Lebens trotz einer königlichen Pension unter ärmlichen Verhältnissen. Einige seiner Lustspiele hatten dennoch großen Erfolg. August Wilhelm Iffland brachte mehrere Stücke auf die Bühne des Berliner „Königlichen Nationaltheaters". Besonders erfolgreich waren:

- Die Griechheit. Original-Lustspiel in Fünf Akten, mit Tanz und Gesang (UA 4. Mai 1807, bis 1814 20 Aufführungen).

- Künstlers Erdenwallen. Original-Lustspiel in Fünf Akten (UA 29. Januar 1810, bis 1814 19 Aufführungen).

- Die Sternenkönigin, romantisches Feenmärchen in 3 Akten (UA 7. Dezember 1804, bis 1814 14 Aufführungen).

Nach seiner Entlassung beim Militär arbeitete er vor allem an Romanen und Theaterstücken wie seinem 1818 erschienenen Roman Das Grab der Mutter in Palermo. Sein bereits 1810 publizierter Ini. Roman aus dem ein und zwanzigsten Jahrhundert gilt als erster deutschsprachiger Science-Fiction. 1821 wurde seine Lokalposse Der Stralower Fischzug im Königlichen Opernhaus in Berlin uraufgeführt. Das Stück wurde zwar von den Fachkritikern verrissen, aber das Publikum zeigte sich begeistert.

Julius Voß war mit Helene Josefine Susanne von Voß (* 1781; † 19. März 1835) verheiratet. Er starb an der Cholera und ist auf dem Garnisonfriedhof in Berlin begraben.

Zur Einführung

Borussenhauptstadt, Berlin, was machst Du?
Ob welchem Eckensteher lachst Du?
Zu meiner Zeit gab's noch keine Nante:
Es haben damals nur gewitzelt
Der Herr Wisotzki und der bekannte
Kronprinz, der jetzt auf dem Throne sitzelt.

Zweierlei erzählen uns diese späten Heineschen Verse aus den „Letzten Gedichten": einmal, daß der volkstümliche Berliner Humor um die vierziger Jahre das lokale öffentliche Leben Berlins literarisch zu beherrschen begann, und weiter, daß doch der Widerhall dieses Lachens bis nach Paris, bis in die Krankenstube der Rue Amsterdam hinüberklang. Zu Zeiten der Lutter- und Wegnerschen Tafelrunde, in den Tagen des jungen Heine, Hoffmanns und Grabbes war der Berliner Humor kaum literarisch entdeckt und noch weniger hoffähig, wie er das später in den vierziger und fünfziger Jahren wurde. Was vom echten Berlinertum z. B. in die Geschichten eines Hoffmann hineinspielt, ist bei allem Reiz des Kolorits, das uns die Linden, der Gendarmenmarkt, der Tiergarten, die Spree, die Friedrichstraße, Gartenlokale und Kaffeegärten geben mögen, doch eigentlich nicht bezeichnend und weit entfernt, die Schlagkraft und Sattheit berlinischer Menschenart auszuschöpfen.

Die Kenntnis Berliner Volkstums und Berliner Humors, die Entdeckung dieser unbekannten Länder für die Literatur fällt zusammen mit der Erweiterung des Typenkreises, mit den neuen Marionetten, die die Literatur aus der großen Schachtel des Lebens sich holt, um ihre Spiele reicher zu gestalten.

Im 16. Jahrhundert und vordem war die Literatur fast stets ein Etwas, das von gebildeten Leuten für die gebildeten Schichten geschaffen wurde, und beide wollten sich und ihre Gefühle und ihre Umgebung darin wiederfinden. Wo einfache Leute, Handwerker, Volk, kurz die unter Ihnen auftraten, waren sie, wie sie es ja in ihrem richtigen Leben waren, Nebenfiguren, Beiwerk, Untergebene, Diener, Leute, mit denen man ein paar Worte sprach, die eine kurze Antwort gaben und die dann wieder in ihr alltägliches, unbedeutendes Nichts zurücktauchten. Wo man aber Ihnen größeren Raum gab, traten sie nie selbst auf, sondern man sah nur ihr Bild in dem geistigen und seelischen Reflektor eines Empfindungsreicheren und Höhergearteten, der mit mehr oder minder großer Rührseligkeit seine zarte Seele und schlichte Tugend im Leben und Sich-Geben des einfachen Mannes wiederfinden wollte.

Da aber rückten nun allenthalben um die Wende des Jahrhunderts mit kleinen, neuen Lustspielen neue Volkstypen auf die Bretter. Wohl waren sie noch sentimental und verzeichnet; vom zünftigen Literaten seiner Zeit wenig geachtet, und vielleicht auch nicht sehr achtungswert; aber was schadet das: sie lenkten doch den Anteil auf das Leben einfacher Volkskreise hin, die bisher außerhalb des Lichtkreises, jenseits der künstlerischen Durchdringung dahinvegetiert hatten, und die plötzlich neue literarische Möglichkeiten offenbarten. Und eine der größten Überraschungen war vielleicht die Entdeckung des berlinischen Volkstums, des berlinischen Humors, der kräftigen Eigentümlichkeit seiner Sprache und seines Klanges. Die Leute hatten - und man findet in jener Zeit oft den Hinweis darauf - das Gefühl, daß diese Volkstypen aus den Shakespeareschen Dramen in die Wirklichkeit herübergesprungen wären.

Eine soziale Wertung ihres Daseins war erst späteren Zeiten vorbehalten. Vorerst hielt man sich an die drastischen Formen, mit denen sie sich mit den äußeren Umständen ihres Daseins abfanden. Man erfreute sich der Schärfe, Sicherheit und wortbildenden Kraft ihrer Sprache, die weit entfernt von der Lauheit und Unpersönlichkeit des Schriftdeutschen war. Ein Hegel zog die Schimpfereien der Hökerinnen als

Belege für das dem Menschen eingeborene abstrakte Denken heran.

Und da der Hof selbst den Urwüchsigkeiten des Berliner Humors lachend seine Schloßtore öffnete, so wurde er durch ein, zwei Jahrzehnte ein Lieblingsspielzeug auch der gebildeteren und reichsten Kreise der Borussenhauptstadt und trat von hier das erstemal seinen Siegeszug durch ganz Deutschland und Österreich an.

Fast die ganzen öffentlichen politischen Kämpfe und ein großer Teil der Flugblattliteratur des Jahres 1848 steht dann später auf dem Boden des Berliner Humors, bedient sich des Berliner Jargons als Ausdrucksmittel und als Waffe. Bis in die sechziger Jahre hinein geht seine Macht. In der werdenden Weltstadt wird er zuerst zurückgedrängt, wird unmodern, man schämt sich seiner: zu viel neue fremde Kräfte aus allen Teilen Deutschlands kommen hinzu, als daß er sich weiterentwickeln könnte. Er scheint fast vollkommen unterzugehen.

Nur bei Schulkindern erhält sich noch dieses und jenes; bei Maurern, in halbverschollenen Weißbierstuben in irgendwelchen unberührten Vierteln der Innenstadt. Aber langsam breitet er sich wieder aus, zieht die neuen Massen zu sich heran, assimiliert sie, durchtränkt sie mit demselben geheimnisvollen Urstoff Berlinertums und berlinischer Weltanschauung. Und jetzt, als der große Krieg 1914 anhebt, bekommt er wieder eine Bedeutung, wie er lange Jahrzehnte nicht mehr gehabt hat. Und die Sprache des Berliners wird Armeesprache, ist denen da draußen Tröster und Erheiterer in mancher bitterer Stunde. Wie oft hörte ich: „Solche richtige Berliner Schnauze bei der Kompagnie ist nicht mit Gold aufzuwiegen."

Und doch ist es außerordentlich schwierig, wenn wir uns einmal klarmachen wollen, worin die Eigenart des Berliner Humors besteht; fast so schwierig und ungeklärt, wie es das ganze Zustandekommen des Berliner Dialekts ist, dessen Problemen man selbst mit akademischen Preisausschreibungen nicht näher gekommen ist. Sicher ist, daß die richtige Berliner Sprache kaum weit zurückgeht, erst im 19. Jahrhundert sich in ihrer ganzen Fülle herausgebildet hat, und daß der berlinische Witz nur auf Großstadtboden gedeihen kann. Gewiß: Eigentlich neigt ja alle Dialektdichtung und aller Dialekt zum Humor, ob das Plattdeutsch, Oberbayrisch, Pfälzisch, Frankfurterisch oder Berlinisch ist. Das liegt vielleicht schon daran, daß ihr Typenkreis meist kleinbürgerlich, wenn nicht proletarisch ist.

Und die Möglichkeit einer humoristischen Betonung steigert sich, je mehr die Rangskala sinkt. Von humoristischen Königen, Kanzlern, selbst Grafen weiß die Literatur nichts zu berichten; aber über Totengräbern, Webern, Köchinnen, selbst armseligen Landstreichern läßt sie alle Lichter ihrer letzten Launen funkeln. Aber fast alle Dialektdichtung neigt auch bis zur Unerträglichkeit zur Sentimentalität. Und nur die berlinische macht hierin eine Ausnahme, sie ist von Anfang an großstädtisch und unsentimental.

Nein, sentimental ist er wahrlich nicht, der Berliner Humor. Seine Essenz ist ein außerordentlich schnelles Aburteilen, eine Übertreibung, die sich nie mit Nebensächlichkeiten abgibt, sondern stets den innersten Kern der Sache überhöht und dadurch deutlich macht. Und dann huldigt er einer pessimistischen Weltanschauung unter dem Wahlspruch: „Immer guten Mut, die Sache wird schon schief gehn"; so kommt er zu einem gewichtigen Sich-Abfinden mit allen Brutalitäten, Rohheiten und Kümmerlichkeiten des Lebens. Er schont weder sich noch Andere, aber wenn er auch scheinbar verletzend ist, er ist dabei doch nicht ohne Mitgefühl. Die Worte, mit denen der Berliner seinen krank aussehenden Freund begrüßt: „Du bist wohl dem Totenjräber von de Schippe jehuppst?" oder: „Dir haben Se woll in de

Scharitee uffsewischt?" enthalten z. B. keineswegs irgend etwas Beleidigendes, sondern sind nur der Ausdruck seines aufrichtigen Bedauerns, dem er eine etwas reiche und schwerwiegende Form geben will. Wenn er von einem Droschkenpferd sagt, es liefe am Tage auch nicht viel schneller, als wie es nachts im Stall stand, so ist diese Überhöhung, dieses Zusammenbringen zweier Zustände, die einander auflösen, ganz bezeichnend für die Art des berlinischen Denkens. Seinen größten Formenreichtum offenbart dieses berlinische Denken aber, sowie es sich um die Begriffe des Prügelns und Trinkens handelt. Und auch in Schimpfreden, die nebenbei vielfach nur als Selbstzweck und Wortarabesken betrachtet werden müssen, verfügt der Berliner über einen kaum zu überbietenden Formenreichtum.

Als den ersten Entdecker dieser ganzen berlinischen Welt müssen wir Julius von Voß ansehen, der im „Stralauer Fischzug" meines Wissens den berlinischen Dialekt zuerst auf die Bühne brachte. Seine volle Bedeutung gewinnt der Berliner Humor aber erst durch die Heftchen Glaßbrenners, jene Folgen von 30 kleinen Heften, „Berlin wie es ißt und - trinkt", „Berliner Leben" oder wie es sonst heißt. „Berliner Witze" und „Berliner Redensarten" sind in den Zeichnungen von Dörbeck schon in den zwanziger Jahren gesammelt worden. Auch Krüger und Schadow haben einige Proben Alt-Berliner Humors ins Bilohafte umgesetzt. Der eigentliche Zeichner des Berliner Volkslebens sollte aber erst um 1840 der etwas jüngere Hosemann werden, der in Kupferstichen und Lithographien die reizenden Paraphrasen zu den Texten Glaßbrenners schrieb.

In den Werken Glaßbrenners überwiegt oft das rein Journalistische und die politische Tendenz das literarisch Beachtenswerte. Aber streckenweise hat er doch für die tiefste Wesenheit des Berliner Volkstums eine so köstliche und abgerundete literarische Form gefunden, daß alle späteren Jahrzehnte nichts geschaffen haben, das in der Erschließung des Berlinertums dem an die Seite zu stellen wäre. Kalisch und die Gelehrten des „Kladderadatsch" traten dann wohl die Erbschaft Glaßbrenners an und bemühten sich, die Weltgeschichte und das emporkommende Deutschland berlinisch zu glossieren. Etwas abseits stehen die niedlichen parodistischen Marionettenspiele von Silpius Landsberger.
Aber wer auch immer mit an dem Spiegelbild des Berlinertums geschaffen hat - keiner hat es mit solcher Schärfe, mit soviel Witz, mit einem solchen Nuancenreichtum getan wie Adolf Glaßbrenner. Und mag auch vieles, manches Detail bei ihm veraltet sein - Vergleiche,

Redensarten verschollen und verweht sein -, das Ureigenste des Berliner Wesens hat sich trotz einer immer wieder sich neugruppierenden Zusammensetzung der Volksschichten nicht gewandelt und zeigt noch heute all die Eigenschaften seines kurzen, trocknen, klaren, überlegenen und sich überhebenden Witzes, wie sie der längst verschollene Eckensteher Nante unverfroren in die Welt hinausplapperte, vor fünfundsiebzig Jahren, in den Tagen altmodischer Gemächlichkeit.

Georg Hermann.

Julius von Voß

Aus „Der Strahlower Fischzug"

Siebzehnter Auftritt Die Tante aus dem Fleischscharrn (sehr prunkhaft angezogen) und ihre Nichte Friederike Jucht.

Tante. Ach Friederiken, seid Ihr ooch da? Nu, so will ich mich bei Euch setzen. Wat habt Ihr denn da? 'ne Hammelkeule un Wurst? Ich habe man 'n Paar Schweinezungen un 'ne Tafel Choklade in 'n Pompadour. Wat hast Du denn vor 'n Kleed? Is wol engelsch? Ach jetzt is gar nischt apartes mehr, engelsch zu dragen, hat ja jede Dienstmagd engelschen Kartun. Vor dissen, wie 't noch Konterbande war, mußt ick immer engelsch Zeug hebben, nu mach ick mie nischt mer draus. Ach, wie warm is den Menschen doch.

Friederike. Wollen Sie trinken, liebe Tante?

Tante. Ach ne, noch nich. Künde ja die Schwindsucht druf kriegen. Friederiken, wenn doch alle Tage Fischzug wäre, 24 fette Hammel hab ich mehr schlachten lassen, un 10 junge Kälber, und 3 Tröge Wurst sind gemacht, un bis heute Morgen um neune war Allens verkooft. Ach sieh doch mal, sieh doch die Hoboistenfrau von de Bürgergarde. Daß Du mir nich gestohlen, oder kümmst mir gar weg. Wie sich des ufgeklavirt hat! Na höre aber, Friederiken, wie mirs gegangen is, des gloobt keen Mensch mehr. Ich wollte eerst gar nich heute ufn Fischzug, dachte, der Fischzug is zu gemeene, denn fiel mir aberst wieder bei: Juchtens sind gewiß draußen, die bleiben nich von 'n Fischzug weg, so will ick ooch man hin. Um Elben wür ick in 'n Scharrn fertig, und denn stellt ick mir vors Spinde, und dachte: wat ziehst Du nu an. Det gestickte musseline, oder det gingangne, oder det türksche bunte, oder eens von de levantinen, oder det atlaßne? Nu will ick Dir aber sagen, worum ick keen seidnes angezogen habe. Ick wollte erscht uft Schiff fahren, un uft Schiff kann man sich 'n weiß Kleeed gar zu sehr insauen. Un nu will ick Dir noch sagen, worum ick uft Schiff fahren wollte. Weil ick uf meinen Wagen raus kunde, ick will Dir ooch sagen worum. Ick habe meinen Wagen nach Hammels und Kälber geschickt. Na, et wurde drüber denn Zwölbe, det ich mich besund, wat ick anziehn sollte. Un wie ick mich besonnen hatte, zog ick det türksche an. Drüber wurde et denn Eens. Nu aber dachte ick: welchen Duch nimmst Du nun um. Den weißen Plein mocht ick 't nich zu Leede duhn, un der geele kriegt man Frangen. Der große Rothe ist wohl hübsch, dacht ick, aberst sie sind nicht mehr Mode. J dacht ick endlich, Du nimmst den schwarz seidnen Schall mit die Blumen. Nu will ick Dir aber noch sagen worum ick 'n nich umgenommen habe? Glaser Bibbermanns Döchter gingen vorbei, un hatten ooch schwarz seidne. Ne, dacht' ick, haben die schwarz seidne, drägst Du keenen. Un nu nahm ick doch 'n weißen. Nu kann ick wohl 'mal drinken, die Zunge wird mich ganz drocken (tut einen guten Zug).

Friederike. Tante, es ist mir recht lieb, daß Sie hier sind, ich möchte Ihnen viel sagen

Tante. Na hör 'mal, was ick Dir nu sagen will.
Nu schickt ick un ließ mir 'ne Troschke holen, stell Dir mal vor, 'ne halbe stunde hat mein Geselle müssen warten, bis 'ne Troschke gekommen is. Ick will Dir ooch sagen, worum. Et macht der Fischzug. Nu um halb Zwee kam der Geselle damit. Nu steig ick in, aber ick weeßt nich, die Troschken sind so eng, man sitzt so gepreßt drin, det man sich nich rücken oder rühren kann. Ne, wie ick nu drin saß, sagte der Troschkenfuhrmann: Wohin Madamchen? Ick sagte: Nach die Strahloer Brücke. Ich will Dir ooch sagen worum. Uf'n groß schiff moch't ick nich fahren, worum, det is gar zu ordinair, aber uf ccnc von die grünen Gondelkens, mit de bunten Fahnenjunkers oben, det lääst repentierlich; worum, weil sich schonst andre Leute drin setzen, als wie ordinaire. Aber höre Die; in de Strahloer Straße hättst Du 'mal sehn sollen; so wat hab ick in meinen Leben nich

gesehn; ausgenommen, 'n zwanzig Jahr hinter'nander, immer uf den Dag.

Kop an Kop in alle Fenstern, Gesicht an Gesicht noch darzu, und obenin vuller Menschen. Als wenn die Strahloer Straße 't Operhaus wäre, und die Fenstern die Logen. Aber wie ick nu ant Wasser kam, wär ick beinah mit samt meine Troschke über 'n Haufen geritten von'n Studenten. An die Strahloer Brücke war'n Gedränge, deß man dachte, sie würden Eenen alles Zeug vom Leibe reißen, und uf die Spree konnte keen Appel zur Erde vor Schiffe. Nu will ick Die aber sagen, was ick dachte. Ich dachte so: Steigst Du uf solche kleens Gondel, un't kommt 'n groß Schiff hinterdrein, kann die Gondel in Fetzen-Stücken gestoßen werden, un Du erlebst, daß Du versaufst. Ne, dacht ick, Du steigst uf'n Charlottenburger, denn nach't Magazin hin stand jener bei'n andern. Na wie ick uf den Charlottenburger gestiegen war, dacht ick et würde so gehn, wie an't Brannenburgsche Dohr, da sagen sie: 't geht gleich furt, aber der Mensch kann noch 'ne halbe Stunde warten un Maulaffen fehl haben. Nischt, Fritzken, heute ginge't den Oogenblick, hast Du nich, so siehst Du nich. Un links, grade über die Zuckersiederei an die Wand hin, standen Dir 'ne Millgon Stühle, da saßen wieder Leute druf, die wollten't Vorbeifahren mitansehn. Ich dachte: wat det doch vor Narren sind, wat sehn Se denn daran, aber 't andre Jahr will ick mich ooch 'n Stuhl dahin setzen lassen, 't muß sich doch recht pläsirlich da zusehn.

Nu rathe 'mal, wer Alles mit uf unsern Wagen saß? Ich kennte nich 'n Eenen einzigen darvon. Un wie wir nu bei die Holzmärchte vorbei kamen, un bei 't Dorf, immer wieder frische Menschen. Un wär an't Dohr nicht die Wache gewes't, sie hätten 'n Ende von die Stadtmauer mitgenommen. Draußen ging 't noch halwege 'n bisken an, der Mensch hatte doch Luft, aber vor 't Dorf war 't nu gar nicht mehr wahr. Denn ick hatte runtergestiegen und ging zu Fuße. Aber gekommen bin ick nich durchs Dorf, gedragen bin ich durch.

(Trinkt).

Friederike. Warum sind sie nicht zu uns gekommen, Tante, hätten auf unsern Wagen fahren können.

Tante. Ja, sage 'mal, worum ick das nich gedahn habe, sag mal. Na, ick will man 'n bisken von Eure Hammelkeule kosten. (speist.) Was meenst Du, ick habe heute noch keen Gottes Korn genossen, als meinen Kaffe, zwei kleene stüllekens, un die Bohnen mit 'ne Bratwurst, die mir Cathrine nach 'n Scharrn gebracht hat. Worum, man nahm sich ja keene Zeit dazu. Aber hübsch is't doch hier draußen, wenn man nich so allerhand Hackmack durchnander hier wäre.

Friederike. Hören sie, Tante, ich muß Ihnen doch etwas sagen . . . Ach Tante, ach Tante, es geht mir recht schlimm, helfen sie mir doch! Ich soll heirathen.

Tante. sieh mal! Nu groß genug bist Du so weit derzu. Was denn vor Eenen?

Friederike. Ach, ich kann'n nich leiden, vor'n Dod nich leiden.

Tante. Ist er schmuck, hat er Geld, so mußt'n leiden können.

Friederike. Sie sagen: er wäre schmuck, aber's kömmt mir doch nich so vor. Geld hat er ooch wohl nich, aber wenn er ooch so viel hätte, wie er schwer ist, möcht ich 'n doch nich.

Tante. Der Bruder wird doch keen Narre sind, un geben Dir Eenen, der nischt haben dut.

Friederike. J nu, 's heeßt, er hat sein gutes Auskommen, wird noch was werden. Ach, und wenn er auch 'n Pabst werden könnt, möch ich 'n doch nich.

Tante. Wat is 't denn vor Eener?

Friederike. 'n schwarzen Schullehrer.

Tante. Nu, 't gibt viellerlei. Welche hebben man kleene Schulen vor sich, da is nich viel los, aberst wenn Se so schonst beit graue Kloster sind, oder bei de Regalschule oder beit Genasium gerade über die Aeppelschiffe, da bilden Se sich was in. Da hebben Se ooch keene Kinder mehr uf die A, schonst lauter hübsche Musjehs un Mamsells; oder gehn gar keene Mamsells uft Joachimsthalsche Genasium; ick weeßt nich mal.

Friederike. Ach meiner bild't sich große stücken in, es heeßt ooch, er wird noch Professer werden, aber -

Tante. Höre Fritzken, das laaß Dir man doch lieb sind. so Eener muß doch 'ne Frau schonst mehr Order pariren, wie 'n Bürger un Meester. Es schickt sich doch vor em nich, det er sich so ofte bedrinken dut, wie 'n repetirlicher Anderer orntlicher Mann, un geht so 'n Professer uf 'n Danzboden, muß er die Frauschonst mitnehmen; ein Andrer lääßt Dir zu Hause, und loot alleene rumher.

Friederike. Ei, ich hätt'n ooch wol genommen, und nich weiter gemuchzt, aber - ach Herr je!

Tante. Na höre - ick bin nich dumm, ick weeß Alles. Du hast 'n Andern, den möchtst Du gern.

Friederike. Sie wissen ooch Alles.

Tante. Na, siehst Du! Wem möchst Du denn? Ick weeß alles, det weeß ick aber doch nich.

Friederike. Ich habe so gedacht. Will mir Vater Eenen ohne Geld geben, könnts ja auch'n Andrer ohne Geld sind. Und Bürger un Meister will er ja doch auch werden, hat die Sattlerprofession aus dem Grunde gelernt. Vater sagts selbst. Und Vater will mir ja doch sechsdausend Dahler Courant mitgeben, un da wären wir ja doch gemachte Leute.

Tante. Höre Fritzeken, ick weeß Alles, nu will ick Dir sagen wert is. Euer neuer Geselle. Hab ich recht?

Friederike (hält die Augen zu). Den kann ich leiden, ja den, un des, weil er mich so leiden kann.

Tante. Im Grunde, Fritzken, ist't gut, wenn sich'n Paar heirathen un können sich leiden. Ich will Die sagen worum. Et is mehr Eenigkeit, als wenn Se sich nich leiden können. Ich will Die sagen worum -

Friederike. Ach, ich weiß des Alles schon, Tante, will Ihnen nur geschwinde bitten, ehr Vater wiederkommt. Sprechen sie doch mit Vatern, legen sie doch 'n gut Wort ein für mich, daß ich den nich zu heirathen brauche, den ich nich leiden kann.

Tante. Ja, mein Engelken, ich bin Dich gut, un möchte Dir gern helfen. Aberst sieh 'mal, der Bruder ist n wunderlicher Mensche. Vor de Leute sind wir wol 'n bisken freundlich, aberst hinnern Rücken spricht er schlecht von mir und ick schlecht von em. Bitten will ick'n aberst, wenn't man helfen dut.

Adolf Glaßbrenner

Eine Landpartie

Personen

Ferdinand Bläschen, Seifensieder	Herr Schmidt, Privatsekretair
Henriette, seine Frau	Herr Lerche, Korbmacher, Henriettens Bruder
Auguste	Friederike, Köchin bei Bläschen
Ludwig · ihre Kinder	Der Kutscher
Iphigenita	
Herr Meyer, Handlungsdiener	

Es ist Sonntag, vier Uhr morgens. Der Nachtwächter zieht eben die Klingel; Bläschen und Henriette erwachen.

Bläschen
(reibt sich die Augen, reckt sich und gähnt)
Aaach, Du lieber Jott, da is schon der Nachtwächter!

Henriette. Na anu besinne Dir nich lange, Bläschen, steh' uf un wecke de Rieke; des Mächen hat en Schlaf wie 'n Kanonier, die wacht von det bisken klingeln nich uf.

Bläschen

(springt aus dem Bette und zieht sich an)

Ja, det is wahr, des Mächen kann wat ehrliches schlafen - ju'n Morjen Jettken, - na, übelnehmen kann man't ihr nich -

(er sucht)

na, wo is denn der eene Strumpf jeblieben? - Se hat sich ooch zu puckeln den janzen Dag über - ne, det is doch arch, wo der Strumpf is! Seh' mal, Jettken, ick kann den eenen Strumpf nich finden; ick habe mir doch nich eenen wo anders ausjezogen?

Henriette

(noch im Bette liegend).

Bläschen, verderbe mir nich jleich wieder die janze Landparthie! Ick habe Dir jesagt, Du sollst Rieken wecken, un Du suchst janz ruhig deinen Strumpf!

Bläschen. Nu aber, Jettken, sei doch man nich leicht wieder so verdrüßlich! Immer fidele, Weibeken! Ick kann doch nich mit eenen Fuß in de bloße Beene jehen!

(Er sucht immerfort.)

Ick kann mir ja erkälten. Da is er! Nu seh' mal, stecht det Biest in den eenen Stiebel! Nanu wer' ick jleich die Rieke wecken. Wat soll sien dhun, Jettken? Soll Se de Kinder anziehen?

Henriette.

Ach, warum nich jar? Erst soll Se Kaffee kochen; aber Se soll zwee Loth nehmen, weil die andern ooch noch'ne Tasse mitdrinken werden

Bläschen. Schön, ick werd't ihr sagen.
(Er geht durch die Kinderstube)
Aujuste, Döchterken, steh' uf Mächen, un zieh' de Kinder an, et is schon en Viertel uf Fünfe.
(Er schreit zur nächsten Tür hinaus:)
Rieke! Rieke!
Steh' uf, pusle Dir en bisken, mach fir! Zieh' Dir an, un nimm zwee Loth heute. Een Loth kommt uf de Fremden, die drinken ooch mit!
(Er tritt zurück in die Kinderstube.)
Na, Iphijenia, steh uf mein Puselken, Kaffeedrinkeken, Spazierenfahrenken! Ludwig, Auguste wird Dir't Morjenjebet überhören, un denn schreiste nich wieder, wenn Se Dir kämmt.
(Er geht wieder in seine Schlafstube.)

Henriette. Haste denn schon nach't Wetter jesehen?

Bläschen. Ne, herrjees, det hab ick janz verjessen! Na, schadt nischt, immer fidele Jettken, ick will mir man erst'ne Pfeife stoppen. So, so! Kotz Schwerebrett, wo is denn nu schon wieder det fire Feuerzeig? Det hat gewiß wieder de Rieke mit hinter jenommen. Ick muß mal jleich nachsehen.

(Er geht wieder durch die Kinderstube bis in die Küche.)

Richtig, da is et! Aber, Rieke, ick habe Dir schon so oft jesacht, Du sollst mir det fire Feuerzeig nich wechnehmen!

(Er zündet sich die Pfeife an und kehrt zurück.)

Zwee Loth, Rieke, verjeß' nich! - Aujuste, spute Dir'n bisken, - rabolzt nich so in de Betten rum, Kinderkens! - Eh'r Du Dir de Haare machst, daweile loof ick von hier nach Charlottenburg hin un zurück. Siehste, Jettken, wie ick Dir sagte, det fire Feuerzeig stand richtig in de Küche. Nanu will ick aber noch nach't Wetter sehen; es scheint mir en bisken trübe, aber det kann ooch blos von den Morjen sind, weil't noch früh is, da sieht et jewöhnlich so'n bisken neblich aus.

Henriette.

Du, Bläschen, warte mal! Frage doch mal erst de Rieke, wo sie meinen Unterrock hingelegt hat.

Bläschen.

Ja, mein Jetteken, ick will jleich mal fragen.

(Er geht in die Küche und kommt schnell zurück.)

In den mittelsten Kasten von de Kommode, Jetteken! Na, nu will ick mal nach't Wetter sehen.

(Er geht in die Wohnstube, schaut zum Fenster hinaus und kehrt wieder um.)

Du, det wird am Ende Essig werden mit unsre Parthie, Jettken. von't Rejenloch her, von

Spandow, kommen janze dicke Wolken rübergezogen; ick jloobe, et wird jleich drippeln. Na, det wär 'ne scheene Jeschichte, wenn aus die Landparthie 'ne Wasserparthie würde! Den jroßen Kälberbraten von 14 Pfund, un die Masse Kaffeekuchen un Schlackwurscht un holländ'schen Käse! Na, aber man fidele, umkommen dhut ja doch nischt bei uns, un am Ende klärt et sich doch noch uf.

(Eine halbe Stunde später)

Lerche (tritt schwerfällig in die Wohnstube). Jun Morjen, Kinderkens! Jun Morjen Jette, jun Morjen Schwager, jun Morjen Aujuste, jun Morjen Bäljer! Na, Ihr sitzt alle schon ufjewichst bein Kaffee? Det is recht, det freut mir; pladdre mir mal ooch eene Tasse in, Aujuste!
(Er setzt sich.)

Bläschen. Na, wat sagste'n aber dazu, daß noch keener nich hier is von die andern? Un der Wagen ooch noch nich? Un det Wetter, wie?

Lerche. Ach wat! Wetter hin, Wetter her! Det Wetter wird uns nich fressen! So lange wie et keene Kanonenkugeln rejent, laaß ick mir nich irretiren.

Auguste.

Aber, Onkel, Sie bedenken nachher nicht unsere Füße auf dem nassen Lande! Wir erkälten uns.

Lerche.
J Jott bewahre, denkt nich dran an Erkälten! Seh mal her, wat ick vor Stiebeln anhabe! Det sind Stiebeln! Die sind wasserdicht.

Bläschen.
Ja, aber meine, die sind ooch wasserdicht. Det heeßt, wenn da des Wasser drinn is, denn jeht es nich wieder raus.
(Die Kinder zanken sich und schreien.)
Na, wollt Ihr ruhig sind, Jeerens, oder ick spunne Euch in de Kammer, un laß Euch janz alleene zu Hause!
Iphijenia, Jierpansch, wirste jleich Ludwichen det Stück Semmel wiederjeben! Den Oojenblick jibste't wieder!

Henriette.
Bläschen, ick weeß nich wie Du bist!
Immer un ewig sitzt Du uf de Iphijenie! Ludwig kann por Dir dhun, wat er will.

Bläschen.
Jettken, det is nich wahr, ick bin janz unparthei'sch, aber ick will mir man nich immer de Ohren voll quängeln lassen.
(Er steht auf und schaut zum Fenster hinaus.)

Keene Seele, weder Schmidt noch Meyer! Det sind Menschen, die versprechen immer allens, un denn verschlafen Se de Zeit. Un der Wajen kommt ooch noch immer nich!
(Zu den Andern:)
Det scheint sehr zu stuckern mit unsre Landparthie, Kinderkens! Kinderkens!
(Zum Fenster hinaus:)
Herrjes, un det Wetter! Dahinten sieht et doch jrade aus, als ob de Welt unterjehen sollte. Ick bin immer so'n Pechvogel: Ick brauch' mir man nankingne Hosen anzuziehen, denn dreescht et! - Na endlich, da kommt Eener um de Ecke, det is Schmidt!
(Sich wieder setzend.)
Na, nu fehlt man bloß noch Meyer un der Wagen un jut Wetter, denn kann et fidele werden.

Friederike.
Madam, ick habe allens injepackt! Die beeden jroßen Körbe sind janz voll jeworden. Wat is denn nu noch zu thun?

Henriette.
Nu mußte noch Brod un Semmeln von Bäcker holen. Aujuste, jreif mal in meinen Pompadour rin, un jib mal de Rieke Jeld, hörste? Aber, Rieke, laß Dir nich wieder son pampijes Brod in de Hände stechen; nimm so'n paar kleene knusprije Schrippen, hörste?

Friederike.
Scheen, Madam! (Sie geht.)

Schmidt
(Macht eine tiefe Verbeugung in der Tür).
Ich wünsche Ihnen allerseits einen juten Morgen;
Sie erlauben, daß ich meinen Hut und Stock hier
ablege. Jun Morgen! Na, Alles schon so in
Ordnung? Dieses muß man sagen, verehrte
Madam Bläschen, Sie sind eine Hausfrau, wie es
deren wenige in den Familien einer Residenzstadt
geben mag.

Henriette.
Ach, bitte, Herr Privatsekretair, Sie sind zu jütig:
Man muß ja woll. Bitte, setzen Sie sich doch hier
uf't Sopfa neben mir. So! Aujuste, nimm mal de
Iphijenie hier runter, un schenk mal vor den
Herrn Privatsekretair eine Tasse Kaffee in.

Schmidt.
Sie sind allzujütig, verehrte Madam Bläschen. Ich
habe zwar schon zu Hause Kaffee jenossen,
indessen kann man Ihrer Empfänglichkeit
niemals etwas abschlagen.
(Er nimmt die Tasse; zu Augusten:)
Besonders aus so schönen Händen. Meinen
jehorsamsten Dank, Mademoiselle!

Lerche (lachend).
Ne, hören Se, Herr Privatsekretair, Sie sind en putziger Kerl, det muß wahr sind. Ne, herrjes, wenn ick so wie die Katze um'n heißen Brei rumjehen müßte, ehr ick wat sagte: ick jloobe, ehr sagt ick in meinen Leben nischt.

Schmidt (lächelnd).
Sie sind

Bläschen (zugleich mit Schmidt).
Na, deß aber bitte, Herr Privatsekretair, fahren Sie fort!

Schmidt. Nein, bitte jehorsamst, Herr Bläschen, ich habe Zeit. Was wollen Sie gefälligst sagen?

Bläschen. Ich wollte man sagen: deß aber der Herr Meyer nich kommt, des is doch Unrecht! Stille mal, mir is et, als singt da drüben Eener uf de Andere Seite!
(Er springt auf und schaut zum Fenster hinaus.)
Richtig, da ist er!
(Hinunterblickend.)
Jun Morgen, Herr Meyer! Na warten Sie man, Sie sind scheene lange jeblieben! Na, schadt nischt!
(Er dreht sich um.)
Nanu, Kinderkens, nu sind wir alle zusammen, nu fehlt man blos noch der Wagen. Hör' mal, Jetteken, wat meenste, die Rieke könnte mal zum

Fuhrmann jehen; denn seh' mal, et is schon
dreiViertel uf sechse, un um dreivbiertel uf Fünfe
wollt' er spätstens hier sind.

Meyer (schnell die Türe aufreißend).
Jehorsamster Stiebelknecht, meine Herrschaften!
Na, alle schon einen Aufstand bewirkt? Ich
dachte, ich würde Sie noch im Bette finden,
Fräulein Auguste!

Auguste (spöttisch).
Solche Redensarten verbitte ich mir, Herr Meyer.

Bläschen (lachend).
Hi, hi, hi! Der Herr Meyer ist doch immer und
ewig aufjeräumt, immer fidele!

Meyer.
Ja wohl, ja wohl, Herr Schmutzverbannungs-
fabriken-Vorsteher Bläschen, allemal derjenigte
welcher! Immer aufjeräumt, wie meine Kasse. Ah
sieh' da, Herr Schmidt, wenn der Deibel kommt,
nimmt er Sie mit, wie jeht's Ihnen denn? Lange
nich jesehen! Sind Sie noch auf den Strumpf?
Oder haben Sie Stiebeln an?

Schmidt.
Ich danke Ihnen jehorsamst, Herr Meyer, ich
befinde mich recht wohl, und es jeht mich auch,
Jott sei Dank, noch so hallweje.

Meyer.
Un Sie ooch, Herr Lerche? Haben Sie schon heute gewirbelt?
(Er macht die Pantomime des Trinkens.)

Lerche.
Ne, ehr ick nich Kaffe jedrunken habe, ehr wirble ick nie eenen. Na aber nu werd mir die Zeit ooch lang mit den Fuhrmann! Sechs Uhr vorbei, un noch keen Wagen nich hier?

Henriette.
Ja, et is zu doll!

Meyer.
Am Ende schmeichelt sich der Fuhrmann jar nich zu kommen!

Schmidt.
Ich vermuthe unmaßjeblich, daß er sich verspätet.

Bläschen (im Fenster liegend).
Nu sind wir alle da, allens is injepackt, die Wolken haben sich ooch en bisken verzogen: nu fehlt man blos noch der Wagen! Aber der läßt sich nich sehen un nich hören. Da kommt de Rieke wieder!
(Hinunterrufend.)

Na, Rieke, wat sagt er'n?

Friederike (von der Straße hinaufrufend).
Er wird leich hier sind. Er futtert man noch en
bisken.

Meyer.
Na, also, nur nicht verzagt! Verzage nicht, Du
frommer Christ, so lang die Wurscht im Tiegel ist.
Die Pferde frühstücken nur noch, und denn
werden sie uns die Ehre jeben. Hören Se mal,
Fräulein Aujustchen, Sie sind doch nicht böse?
(Sie sprechen leise miteinander.)

Iphigenia (schreit).
Naaaaa! Mutter, der Ludwich!

Bläschen (im Fenster liegend).
Da is er! Der Wagen is da!
(Er dreht sich um)
Nanu, Kinderkens, Allens zusammenjepackt,
nicht verjessen? Rieke, jeh immer runter mit de
Körbe! Allens drinn? Kalbsbraten,
Schlackwurscht, holländischer Käse, Schnaps,
Brod, allens da? Na jut!
(Er sucht.)
Na, wo is denn mein Hut? Herr Privatsekretair,
sein Se mal so jut, un nehmen Se mal meine
Pfeife! Wo is denn de Strippe hier in'n Kasten
jeblieben? Ach, da is Se, na, aber so verheddert.

Spute Dir, Jetteken, Aujuste, det die Kleenen de Treppe nich runterfallen! Iphijenie, zum Deibel, jeh mir aus den Weje, un komm' mir nich immer zwischen de Beene! Lerche, vergeß' Deine Blase nich, sonst haste nich jenuch Tabak! Ick will man erst runter, und de Körbe placiren. Wenn wir man alle wer'n sitzen können! Herjees, wo is denn der Hund, der Asur? An det Vieh hat keener nich jedacht.

Henriette.
Ach Jott, so habe Dir doch man nich, de Rieke hat'n ja schon uff'n Arm. Stech' mal hier den Zucker noch in de Tasche. So, nanu is allens jut, nu kann et vor sich jehen.

Bläschen.
Ick springe voran, um zu sehen, wie allens sich machen wird. Hab' ick denn ooch de Strippe? Ja, da is Se!
(Er geht hinaus, steigt schnell die Treppe hinunter und tritt vor die Haustür.)
Jun Morjen, Kutscherken! Na, is en bisken spät jeworden! Die Pferde sind woll nich eher ufsewacht? Na, schadt nischt. Aber, liebet Kutscherken, werden wir denn da ooch alle sitzen können?

Kutscher.

J wat werden Se da nich alle sitzen können! Der Wagen hat Platz, da gehen alle ruf!

Bläschen.
Ja, sagen Se mal, wissen Se denn, wie viele wir sind?

Kutscher.
Ne!

Bläschen.
Ach so! Ja, nu freilich, wir jehen alle ruf, des is richtig, nämlich wenn wir uf die Andere Seite wieder runtersteijen. Wir sind ja Fünfe, sechse, sieben, achte, neune sind wir ja, ohne Ihnen. Des heeßt: zwee Kinder sind wir ooch drunter.

Henriette.
Aber, Bläschen, wat schwaddronnirste denn so ville? des jeht ja allens janz jut. Hier uf den mittelsten Sitz, wo et nich stuckert, sitze ick, Aujuste un de Iphigenie; mein Bruder, Herr Meyer und Du mit den Ludwichen uf den Schooß, sitzen hinten, un vorne kommt der Herr Privatsekertair, Rieke, un der Kutscher.

Bläschen.
Na, aber, Jetteken, die Hauptsache haste verjessen! Wo kommen denn die beeden Körbe hin?

Henriette.
Eenen nimmt Rieke vor die Beene, un eenen der Herr Privatsekertair. Des jeht allens, man ufgestiegen!

Bläschen (im Aufsteigen).
Ach, un ick mit den Jungen uf'n Schooß, det wird'n Verjnügen werden!
Mir jehört doch man eijentlich die Hälfte von des Kind. Jetteken, ick begreife Dir nich. Na, schadt nischt, immer fidele!

Kutscher.
Na, sitzt allens? Also nach Schöneiche?
(Er schlägt die Pferde)
Hü! Hü!
(Der Wagen rollt fort.)

Henriette.
Na, Herr Pripatsekertair? Wie sitzen Sie denn? Inkommodirt Ihnen ooch nich der Korb vor de Beene?

Schmidt.
J nu! Ich danke Ihnen janz erjebenst, Madam Bläschen, es macht sich ja! Es jeht janz jut.
Wie weit ist'n woll Schöneiche?

Meyer.

Des schmeichelt sich zwee un 'ne halbe Meile weit zu sein. Zum Frankfurter Dhor raus

Henriette.
Herrjees, ick habe meinen Knicker verjessen! Kutscher, Kutscher! Halten Se mal an. Bläschen, springe mal zu Hause un hole mir meinen Knicker; hier hast'n Schlüssel.

Bläschen.
Schöne, Jetteken!
(Er steht auf.)
Setz Dir mal daweile hier her, Ludewig!
(Er springt hinunter, läuft nach Hause und kommt schnell wieder; im Aufsteigen:)
Na, is det aber en jroßes Dings, dieser Sonnenschirm! Det is ja jar keen Knicker mehr, det is en Verschwender! So nu sitz ick wieder, nu man zu!

Kutscher.
Hü!

(Unterwegs)

Meyer.
Na aber, Fräulein Auguste, Sie reden ja heute gar nich; Sie sind ja so hydraulich, wie ich Sie lange nich jesehen habe. Sein Se doch hübsch cottelete, heiter! Immer au jus, des is die Hauptsache!

Was fehlt Ihnen denn?

Auguste.
Ich kann die Witze vom Mühlendamm nicht vertragen.

Henriette.
Aber Juste, was is denn das? Werde doch nich ausfallend zu Herr Meyern.

Meyer.
I lassen Se doch, lassen Se doch, Madame Bläschen; De juste-bos non est disputedumm, über die Jeschmäcker läßt sich nich kabbeln, oder, wie der Franzose sagt: Jeder hat seinen eijenen hac un. Sie neckt mich blos, die holde Aujuste, un sie wissen ja: was sich necket, das liebet sich.

Auguste.
Der Himmel beschütze mich!

Lerche.
Aujuste! Wenn De nich willst, denn mußt'e!

Auguste.
Lieber Onkel, Sie sind Korbmacher; wenn mich Herr Meyer noch länger mit seiner Liebe verfolgen sollte, so werde ich Sie wohl in Nahrung setzen müssen.

Lerche.

Ja, des is jut, aber de unartigen Kinder können ooch bei mir de Ruthe kriejen.

(Zu seinem Schwager:)

Hör mal, Lichtzieher Bläschen, der Ludwig hat ein Näschen. Nimm mal einen Schnuppduch!

Bläschen.

Der Junge wird jewiß mal mein Jeschäft übernehmen; er übt sich immer un ewig drinn. Wenn ick mir man rühren könnte! Ne, Kinder, wie ick aber sitze, des jeht ins Weite, oder vielmehr: des jeht in's Enge.

Henriette.

Ach Jott, Du beschwerst Dir aber ooch über allens!

Bläschen.

Aber, Jetteken, ick sitze hier wirklich wie 'ne jepreßte Citrone! Zucker hab ick ooch in de Tasche; wenn mir jetzt Eener in Rum stellt un warm Wasser über'n Kopp jießt, denn bin ick 'ne Bowle Punsch.

Lerche.

Na höre, Schwager, wenn Du 'ne Bowle Punsch wärst, da hätt' ick Dir bald in'n Magen.

(Nach einer Pause zu Schmidt:)

Hör'n Se mal, Herr Privatsekertair, wie amüsiren sie'n sich da vorne bein Kutscher un bei de Rieke, un mit 'n Eßkorb uf de Beene?

Schmidt.
O ich danke Ihnen erjebenst, Herr Lerche. Es staubt ein wenig.

Lerche.
Ein wenig? Na hören Se, wenn Se des wenig nennen, denn möcht ick mal viel sehen! Sie sehen ja schon aus wie'n Mottenkönig!

Meyer.
Ja, der Herr Schmidt is ja auch ein Nachtvogel! Er schwärmt um die Lichtzieher-Dochter

Schmidt (ehr verlegen).
Aber, jeehrter Herr Meyer, Sie setzen mir wirklich in einer nicht janz jeringen Verwirrniß. - Sie werden das jewiß als Scherz keiner weitern Beobachtung widmen, Demoaiselle Bläschen?

Auguste.
Nein. Das versichere ich Ihnen, Herr Privpatsekretair!

Schmidt.
Sehr viel Jüte, verehrte Demoiselle. Sie sind im Besitz einer Zartheit, die -

Lerche (unterbricht ihn),.
Sagen Se mal: roochen Sie nich?

Schmidt.
Nein, werther Herr Lerche, aber bitte, es ist für das männliche Geschlecht ganz hübsch. Genieren Sie sich deshalb nich!

Lerche.
Ne, ach, daran denk' ich ooch nich! Ick rooche, un wenn der Kaiser von Fez un Marokko kommt; det is mir allens eenjal. Wer't Roochen nich leiden will, des is en Esel! - Du, Bläschen, schlag' mir mal Feuer an: - Ick wollte man blos wissen, ob Sie roochten, weil Sie sonst jar nischt dhun. Sie sind blos immer höflich, sonst haben Sie jar keene Passion nich, nich wahr!

Schmidt.
Nein, werther Herr Lerche, ich bin -

Bläschen. Herrjott, Kinder, da kommt die Sonne vor! - Ludwig, zum Deibel, sitze ruhig, oder ick schmeiß' Dir runter! - Nu wird et noch en janz schöner Dach, des sollt ihr mal sehen! Hör' mal, Lerche, hast Du Deine Blase bei de Hand? Jibb Se mit mal; ick muß meinen Taback verjessen haben, oder er is woll mit injepackt.

Kutscher.
Brr! Na hier is det Schußeehaus!
Wollen Se jefälligst bezahlen!

Bläschen.
Ne, Kutscherken, so jeht des nich!
Des Schoßeejeld bezahlt ihr, so hab' ick es jestern
mit den Herrn ausjemacht.

Kutscher.
Ach wat ausgemacht! Davon hat mir keener
nischt nich jesagt!

Einnehmer (mit vorgestrecktem Tarifbeutel).
Bitte jefälligst, sich zu entschließen! Da hinten
kommen noch mehrere Wagen.

Bläschen.
Ja, Kutscherken, wie jesagt, ich hab es
ausjemacht, Henriette. Aber, Bläschen, so bezahl'
es doch man, damit wir von'n Fleck kommen! Du
kannst et ja immer abziehen, wenn De den Wagen
richtig machst.

Bläschen.
Ja woll, Jetteken, des is ooch wahr!
(Er greift in die Tasche)
Ich kann es ja morgen immer noch abziehen.
Hier, Herr Einnehmer, vor hin und zurück, und
eenen Silbergroschen wieder raus! So! So! Schön

Dank: Nanu wieder zu, Kutscherken! So! Du sollst ruhig sitzen, Ludwig, oder ick jebe Dir'n Katzenkopp! Am Ende reißt eenen denn doch mal de Jeduld!

Schmidt (sich zu Bläschen umdrehend).
Ich denke, der Ludwig ist sonst solch ein frommes Kind?

Bläschen.
Ja fromm is er, aber et is doch en Racker, der Ludwig! Ick kann mir selbst nich bejreifen, det ick ihn noch nich runter jeschmissen habe. Bald inkommedirt er mir hier, bald inkommedirt er mir da! Wie 'ne Flöhe is der Junge!

Meyer.
Sehen Sie mal, lichtziehender Freund: Ihr verehrungswürdiger korbflechtender Schwager hat sich in Morpheussens Arme jeworfen und druselt ein bisken. Er schnoppt.

Bläschen.
Na det is noch hübscher! Seht mal, Kinderkens, des Kerlchen is bei des Stuckern injeschlafen, ne, des jeht in's Weite! Na aber man immer fidele, die Jelegenheit wer' ick mir zu Nutze machen, um ihn den Ludwig en bisken ufpuckeln. Bei die schlechte Zeiten muß man sonne Steuer los

werden suchen. Setz' Dir mal janz leise uf Onkeln seinen Schooß, Ludwigken;
(er hebt ihn hinüber)
so, nu halt Dir hier mit beede Hände an'n Wagen fest, un sitze janz ruhig, det Onkelken ja nich ufwacht. So! Ach, det is 'en Jenuß, den Jungen uf'n andern sein Schooß zu sehen!

Henriette.
Jott, wie kann man sich so jefährlich haben!

Meyer.
Na hören sie mal, interessante Frau, ich will Ihrem Mann nicht beistehen, aber Sie würden dero Beine auch fühlen, wenn dero dicker Junge drauf säßen.

Bläschen (seufzend).
Ach, Du lieber Himmel, nu wacht Der schon wieder uf, der Lerche! Es is doch aber merkwürdig, was dieser Mensch vor'n kurzen Schlaf hat; des kann ihm doch unmöglich jesund sind.

Lerche (reibt sich die Augen)
Na, was is'n Des? Wie kommt'en des, deß ich einen Jungen jekricht habe?
Wer hat mir den den Ludwig hierherjesetzt? Ne, Bläschen, damit schmeichle Dir nich, det ick den uf'n Schooß behalte! Du bist Vater von det Kind,

nich wahr, Jette? Du kannst et ooch ruhig ertragen.

Auguste.
Wir müssen ja auch übrigens gleich in Schöneiche sein.

Kutscher.
Ja woll, det dauert nich mehr lange. Jetzt lenk ick hier rechts rum, in'n Sand rin. Nu muß ick Ihnen überhaupt bitten, det de Meesten aussteigen, un det Endeken zu Fuße jehen, sonst kommen die Pferde nich fort. Brrr!

Schmidt (den Eßkorb auf seinen Platz stellend).
Mit Verjnügen, lieber Kutscher, sehr jerne. Sie sind wohl so jut, liebe Friederike, und halten hier den Korb noch; ich steige jefälligst aus.

Bläschen (im Aussteigen).
Jott sei ewig jedankt, deß wir so weit sind! Ach, nu is mir so wohl
(Er reckt sich.)

Meyer (unten).
Mir ist kannibalisch wohl, wie 500 Privatsekretaire.

Schmidt (lächelnd).
Bitte, bitte!

Lerche (unten).

Nanu, Kinder, nu wird nich so jerennt, sondern nu wird janz duse nach Schöneiche jejangen! Seht' ihr, da is 'ne Kastanjenallee, die jibt Schatten, un hier hab' ick 'ne Pulle in de Tasche, die jibt Kümmel; un hier hab' ick en Mund, den schmeckt det! Privatsekertair, jeben Se mal Obacht!

(Er trinkt.)

Nich wahr, det schmeckt schöne?

(Steckt die Flasche ein.)

Sajen Se mal janz ufrichtig: is einen det nich sehr wohlthätig in'n Magen? Wie?

(Im Dorfe)

Bläschen.

Des is merkwürdig! Wenn man bei den Wagen so nebenherlooft, denn stuckert et viel weniger. Nanu also, des is Schöneiche!

(Er sieht sich um.)

Seh' mal, Henriette, ne wirklich, des is en hübsches Dorf! Sehste, hier links, Jetteken, des is der herrschaftliche Garten, wenn der mir jehörte, wär' er meine! Sagt Herr Meyer immer. Nich wahr, Meyerken?

Meyer.

Wui Moppel Pfeifroch! Purzelparzel die Trepp hinunter, verfehl' sie keine Stuf', krümm sie sich kein Haar!

Lerche (lacht).
Wat soll denn des heeßen?

Meyer.
Des is für'n Jroschen Poln'sch, un vor'n Sechser en bisken Preußen drunter jejossen.

Henriette.
Aber sage mir mal, Bläschen, um allens in de Welt, wat stehste denn nu da, un kuckst Dir det janze Dorf an? Jetzt is doch wahrhaftig mehr vor Dir zu dhun! Jeh' rin in des Bauernhaus hier un frage, ob wir ankommen könnten. Hörste?
Det Dorf looft Dir nich wech, det kannste Dir nachher ooch noch besehen.

Bläschen.
Na ja, Jetteken, ick wollte mit ja ooch man vor't Erste einen Ueberblick verschaffen. Die Kastanjenbeeme sind wirklich hier recht hübsch. Ludwig, wat meenste, willste nich en paar Kastanjen zum Spielen haben?

Ludwig.
Ach ja, Vater!

Bläschen.

Na denn warte man, bis welche dran sind. Jetzt sind noch keene dran. Wenn ick nachher wieder rauskomme, denn werden woll ooch noch keene dran sind. Denn werd' ick Dir en paar wachsen lassen.

(Er geht in ein Bauernhaus.)

Meyer (den Hut schwenkend, mit lauter Stimme).

Bürger dieses bescheidenen Dorfes, laßt Euch jenießen! Mylords und Herren, werdet hier alle sichtbar! Nation der Schöneicher, wackelt aus euren Hütten, denn ich bin da! Wenn ich sage ich, so mein' ich darnit ich, wirklicher jeheimer Preuße erster Klasse mit Hunger! Ich, in der Woche der bekannte, interessante, piquante, ambulante, vakante, zuckerkante, charmante und jalante Umsäusler der kauflustijen und kauftraurijen Damen, wann Sie kein Kies nicht haben, und blos besehen wollen. Meyer ist da, Schöneicher! Meyer! Uech heuße Meyer und schreube mür müt eunem

(sehr spitz)

I! Mcycr, in den sechs Wochentagen derjenichte, welchen ich schon beschrieben habe, Sonntags der Mann von Welt, der Weltbürger, der Cosmopopelpopelit!

Lerche (ihn kopierend, schreit, indem er den Hut schwenkt).

Bürjer von Schöneiche, ich bin da! Nation komm' raus! Lerche is da, der berühmte Korbmacher! Uech höße Lörche, und schreube mür müt önen E! In der Woche Korbmacher und besoffen und des Sonntags Weltbürger und auch besoffen! He! Juch!

Auguste.
Aber, lieber Onkel, menagiren sie sich doch! Bedenken Sie doch, daß Sie mit Damen hier sind. Da lachen schon die Bauernjungen über Ihr Geschrei, Ihnen wenigstens hätt' ich solch Betragen in unserer Gegenwart nicht zugetraut!

Lerche.
Ach! Aujuste, sei nich immer so menajiererich! Thale nich so, um so'n bisken Spaß!

Meyer.
Auf 'ne Landparthie, da muß man sich jar nich schnieren, un überhaupt mein Sprichwort is: In de Woche sans peine! Un Sonntags: sans gene! Immer fröhlich, heiter, cotelette, so heterogen wie möglich! Je mehr parmesan, je besser; immer hydraulisch!

Schmidt (Augusten ein Bukett überreichend).
Jeehrte Demoiselle Bläschen, is Ihnen vielleicht dieses Pokett von Rosen jefäll'g! Ich nahm mir die Freiheit, es vor Ihnen zu flicken.

Auguste.

Danke schön, Herr Privatsekretair! Sie sind doch wenigstens artig, und das ist das Erste, was man von einem Manne verlangt, der mit Damen umgehen will.

Lerche (zu Meyer).

Aha, merkste wat, Spiretus? Det war 'n kleener Stich uf uns. Na schad't nischt, mir wenigstens nich! Ick kann 'n juten Puff verdrajen. Neulich stichelte Eener uf mir in eene Jesellschaft, wo ick war. Der spitzfinnje Mensch sagte nämlich zu mir: Rindvieh! Wissen Se, wat ick da dhat? Da langt ick blos mit die eene Hand über'n Disch rüber, holte mir den kleenen Kerrel, eite ihm so'n paar Mal über de Wangen, un setzte ihm wieder hin.

Bläschen (aus dem Hause kommend).

Nanu, Kinderkens, allens richtig, allens abjemacht, allens in Ordnung; wir können hier bleiben. Jetteken, jeh' man immer rin, und berathschlage Dir wegen des Uebrije! Wenn de uns etwa zum zweeten Frühstück Butterbrod machen willst, in de Küche is Feuer, allens da! (Henriette und Auguste gehen in's Haus.)

Lerche.

Et muß ooch übrijens Zeit sind, det wir zweetenfrühsticken. Wat mach' denn woll de Jlocke sind?

Bläschen.
En Jedicht von Schillern.

Meyer.
Ich will mal nachsehen, was meine joldene, auf einen Cylinder jehende Repitiruhr is.
(Er sieht nach.)
Herrjeh, schon drei Viertel uf kalte Erbsen.

Lerche.
Drei Viertel uf neune, nich wahr?

Meyer.
Des schmeichelt es sich, wui!

Schmidt (seine große und dicke silberne Uhr zeigend).
Entschuldijen Sie, werther Herr Meyer, es fehlen noch Fünf Minuten dran. Meine jeht janz richtig, denn ich jehe alle Abende untern Linden nach de Akademieuhr und stelle ihr darnach.

Lerche (lacht).
Ne, Herr Privatsekerteer, Sie sind wirklich een putzijer Kerrel, Ihnen muß ick wat koofen. Sie kriejen von mir ne Trompete un ne Knarre zu

Weihnachten. Jeht der Kerrel alle Abende nach de Academie, um seine Uhr zu stellen!

Schmidt (lächelnd).
Sie belieben zu scherzen, Herr Lerche.

Bläschen.
So, des is recht, des is charmant! Seht mal, Kinderkens, Fridricke macht schon allens zum zweeten Frühstück da uf den Disch zurecht. Na, immer fidele, Fridricke! Schmiere man so'n Stücker ztwanzig Butterstüllekens, un denn holste den kalten Kälberbraten un die eene Putellje mit Schnaps aus den Korb, hörste? Immer fix, det Schmieren, des muß jehen wie jeschmiert! Nich so dicke de Butter, davor is der Braten! Wie is denn de Butter?
(Er riecht und verzieht die Nase.)
Na, von jestern is Se ooch nich mehr, Se riecht schon so'n bisken verständig. Ludwig, willste jleich weg da mit deine Klauen, dummer Junge! Ick habe Dir schon so ofte jesagt, Du sollst nich so jierpänschich sind, jleich legste det Brod wieder hin! Fridricke mach man, un hole den Braten un den Schnaps; ick werde die übrijen Stullen schon schmieren.

Schmidt.
Erlauben Sie, deß ich Ihnen jefälligst en bischen helfe.

Lerche.

Was meenen Sie, Herr Meyer, wir Beede helfen woll erst, wenn es an's Essen jeht? Ueberjens essert mir lange nich so, wie mir drinkert. Uf eenen juten Schluck Kümmel bin ick sehr neujierig. Mein Vorrath is mir ausjeloofen; meine Pulle is so leer, wie Herren Privatsekreteeren sein Kopp.

Bläschen.

Na höre, Schwager, des war en bisken jrob; des müssen Se sich nich jefallen lassen, Herr Privatsekreteer!

Schmidt.

O bitte! das ist ja nur man blos allens Spaß von den Herrn Lerche.

Lerche.

Ja woll, ja woll! Herrjes, nu seht mal den Meyern, da! Schäkert der Kerrel da mit en Bauermächen. (Schreit.)
Aber, Meyer, woll'n Se woll!
Woll'n Se woll det Mächen zufrieden lassen.

Meyer (ebenfalls schreiend).

I worum denn? Is denn Liebe ein Verbrechen, darf man denn nicht Tschuster sind? Diese holzöhliche Jungfrau ist eijentlich eine verzauberte Prinzessin, sie dhut man blos so, als wäre sie ein Bauermächen, eine Schöneicherine. Ihr Vater war der Fürst von Portoriko, sie heißt eijentlich Portorieke. Der Zauberer Galjenknaster aus Vierraden wollte sie wejen ihrer Schönheit ehelichen, sie sagte aber Non! und darauf hat er sie zu einem Bauernmädchen verhert.

Lerche.
Na ja, un nu muß Se so lange Kartoffeln buddeln, bis ein Mühlendammer Jüngling kommt und sie erlöst.

Meyer.
Janz recht, Jevatter Lerche, un zwar durch einen Kuß.
(Er will das Mädchen küssen, bekommt aber statt dessen eine derbe Ohrfeige. Das Mädchen läuft fort.)

Lerche (heftig lachend).
Och, des war nich übel, Meyerken, der Kuß muß einen bittern Beijeschmack haben! Och, des war himmlisch! Och, ick kann mir kaum vor Lachen mehr aufrecht halten. Meyerken, des war kein Kuß nich!
(Er hält sich den Bauch vor Lachen.)
Och! Och! Meyerken, des war ne ochsije Knallschoote! Och! Des hat bis hierher jeknallt! Och, ick kann nich mehr vor Lachen! Meyerken,

des muß weh jedhan haben, des hat bis hierher jeknallt! die Prinzessin Portorieke muß ne jute Patsche haben, och! det hat bis hierher jeknallt. Ick jloobe - och! Och! -

(er biegt sich vor Lachen über einen Stuhl)

- ick jloobe, der Zauberer Jaljenknaster aus Vierraden will sie nich erlösen lassen, och, och!

Bläschen (lachend).
Hihihihi, hehehe! Meyerken, des dhut mir leed, aber ich kann nich davor. So 'ne Prinzessin aus Portoriko wird manchmal sehr eeklich. Hihihihi, hehehe!

Schmidt (lächelnd).
Es thut mir leid, aber ich muß auch lachen. Eine kleine Maulschelle schad't ja auch nich viel.

Lerche (sich auf dem Stuhle wälzend).
Aber Herr Privatsekreteer - och, ick kann nich mehr, ick kann nich mehr! - Des war ja keine kleine Maulschelle! Des war ja eine ochsije Knallschoote; sie hat ja bis hierher jeknallt! Och, och! Die Prinzessin Portorieke muß eine ausjezeichnete Patsche haben!

Meyer.
Na lacht man immer zu; genirt Euch nich!
Wenn ich aber nachher das Mädchen noch einmal treffe, denn sollt Ihr Euch wundern!

Lerche.

Och! Wir wundern uns ja schon! Meyerken, Ihre eene Backe is roth? Sie ärjern sich mit die eene Backe! Och!

Bläschen.

Hihihihi, hehehe: der Lerche is aber merkwürdig, der hört jar nich uf mit Lachen; un wenn Eener so stark lacht, denn muß ick - hihihihi, hehehe! denn muß ich immer mitlachen, hihihi, hehehe!

Meyer.

Na nu dächt' ich aber, wär es jut! Herr Lerche, machen Sie mich nich ärjerlich, Sie werden beleidijend mit ihrem Jelächter.

Bläschen (ängstlich von Lerche zu Meyer trippelnd).

Um Jotteswillen, Kinder, verzürnt Euch wejen diese Kleinigkeit nich, verderbt uns nich unsere Landparthie. Aber Lerche! Lerche, ich bitte Dir, höre doch uf! Herr Meyer, sein Se nich böse um diese Kleinigkeit!

Lerche (immer noch im vollen Lachen).

Et war ja aber keene Kleinijkeit, et war'ne Jroßigkeit! Och! och!

Meyer (wütend).

Herr Lerche, ich kann nicht anders sagen, Sie betragen sich wie ein dummer Junge!

(Henriette und Auguste treten aus dem Hause und bleiben verwundert stehen; Schmidt erklärt Ihnen mit leichenblassem Gesichte das Vorgefallene; Bläschen läuft beschwichtigend von einem zum Anderen.)

Lerche (sich aufrichtend).
Wat? Dummer Junge?

Meyer.
Ja, wie ein dummer Junge!

Lerche (wütend).
J Du dämlicher Kartunfritze, Du Kieckindewelt, Du willst einen Bürjer dummer Junge nennen? Na warte, Dir werd' ick bedummenjungen!
Ellenreiter, Du willst woll nich schief werden? Na warte, ick werde Dir uf de Andere Backe eene stechen, det sich die von de Prinzessin Portorieke schämen soll! Laaß' mir, Bläschen, oder Du besiehst och eene! So'n Mühlendammer Lord will mir hier ...

Meyer.
Ach jlooben Se nich, daß ich mich vor Ihnen fürchte!

Henriette.
Aber, Kinder, um Gotteswillen!

Auguste.
Dieser Skandal hier, ich sinke in die Erde vor
Schaam!

Bläschen.
Jotte doch, was soll man nu da machen! Eener is
so böse wie der Andere! Die infame Maulschelle is
an Allens schuld! Lerche, sei doch man ruhig!
Meyerken, lassen Se ihm, des wird sich Allens
wieder jeben!

Schmidt.
Herr Lerche, ich schlage unmaßjeblich vor, daß
Sie die Sache jetzt auf sich beruhen lassen.

Lerche.
Na hör'n Se, Sie verschwinden nun jar, Sie
Sekerteer! Sie jehen wech, sonst mach' ick mir
fedrich! So'n Kerrelken, wie Sie sind, den reiß ick
en paar Zähne aus, un verkoof ihm als Eckpose!
Sie, Tintenstecher, verziehenen Se sich, sonst
stipp ick in!

Schmidt (zuckt die Achseln und zieht sich
zurück).

Lerche.

Na, wat is denn det? Zucken Se hier nich mit de Achseln! So'n Zucker über mir, den werd' ick mir verbitten!

Henriette.
Kinder, jetzt bitt' ick ernstlich, daß Ihr den dummen Zank sind läßt; sonst laß' ich jleich wieder anspannen, un fahre zu Hause! Bläschen, jleich kommste her un eßt! Du hast ooch immer Deine Hände in allen Jucks, überall muß er seinen Senf zujeben!

Bläschen.
Na nu is't noch hübscher, nu bin ick am Ende noch an die janze Jeschichte schuld! Mir wird Allens ufjepuckelt! Na, schad't nisch't, immer fidele, Kinderkens, setzt Euch! Setzen Se sich, Meyerken, lassen Se die dumme Jeschichte sind, dabei kommt nisch't heraus, wenn man sich zankt. Lerche, so, setze Dir, und seh' Dir en paar Kümmelkens an, des is ville jescheidter! Wüßt'r wat, Kinderkens, verdragt Euch wieder! Wenn ihr Beede nich bei Laune seid, wat soll den denn aus de Landparthie werden?

Lerche.
Ach wat! (Er schenkt sich sein Glas voll Branntwein und trinkt.)

Meyer.

Mir ist es recht.

Lerche.
Na, ick bin ooch jrade keen Türke! Kommen Se her, wir wollen mal anstoßen! Allens verjeben un verjessen!
(Sie stoßen mit den Gläsern an.)

Bläschen.
So, des is vernünftig, so is es recht!
Nu wollen wir aber ooch jehörig picheln: Auguste, schenke mal alle Gläser voll, aber schwabbere nich über! Immer fidele! Jetteken, sorje man, det de Iphijenie und Ludwig zu essen kriejen, die Bäljer schreien einen sonst die Ohren voll. Wie es et denn mit Dir, Fridrike? Du hast ooch noch nischt; komm' her, da hast 'ne Klappstulle, un wenn Dir schwabblich is von det frühe Ufstehen, dann kannste ooch mal Eenen drinken. Jreifen Se zu, Privatsekertair, machen Se nich so viele Umstände, zieren Se sich nich! Herrjees, Herr Meyer, Sie haben ja keenen Kälberbraten nich; nehmen Se sich doch, es is ja da! Du Fridericke, warte mal, jeh' noch nich wech! So! da! Hier haste noch eene Klappstulle un en Jlas Kümmel, det draje mal den Kutscher hinter, sonst wird der unangenehm!
So! Nu is Allens in Ordnung; nu will ick ooch en Stülleken essen!

(Nachmittag)

Lerche.
Det hat Allens recht jut geschmeckt, blos det de Butter kratzte un des Bier en bisken sauer war.
(Er reckt sich)
Aaaah! Hört mal Kinder, ick bin ochsig schläfrig, ick freue mir sehr uf den Heuboden. Seit Ihr nich ooch schläfrig?
Alle. Ach, ja, ja! Sehr schläfrig!

Lerche.
Na, denn wollen wir keene lange Füselmatenten machen, un en bisken ödruseln jehn.

Henriette.
Ja, ja, macht man, daß Ihr weg kommt nach Euern Heuboden! Ich un Auguste un de Kinder, wir schlafen in de Wirthin ihre Betten, ich habe schon mit ihr gesprochen.

Meyer.
Na denn man immer jüh hinten uf den Hof!
(Die vier Männer gehen nach dem Hofe, steigen die Leiter zum Heuboden hinauf und placiren sich dort.)

Bläschen (indem er sich sein Lager zurechtmacht).

Eijentlich, Kinderkens, wenn wir uns so recht amisirten, brauchten wir nicht zu schlafen. Indessen, natürlich, man is früh ufjestanden, die Morjenluft, der Schnaps, un des viele Rumloofen in den herrschaftlichen Garten, des jreift einen Menschen an, des is richtig! Na nu man immer fidele, nu wollen wir schlafen!

Meyer.
Sie, privatisirender Schreibsekretair ohne Aufsatz und ohne Politur, schlummern Sie schon?

Schmidt.
Nein, Herr Meyer, aber müde bin ich allerdings.

Lerche.
Mir jefällt det Heu sehr jut! Ick lieje hier so bequem, wie en Mops in die Sonne.

Bläschen (sich Heu zusammenraffend).
Da kannst Du Dir jratuliren; ick kann noch immer de rechte Stellung nich rauskriejen. Ick will Dir sagen, Lerche, ich schlafe nämlich immer uf de rechte Seite, weil ich des Herzkloppen nich hören kann. Wenn ich des Herzkloppen höre, so denk' ich immer an den Dod, un des is mir ängstlich, weil ich nich jern sterbe. Allens in de Welt, aber man nich sterben.

Lerche.

Na nu halt Dein Maul un laß eenen schlafen! Schwadd ronire nich so viel, Dein Mund geht immer wie 'n Mühlrad!

Meyer (aach einer langen Pause).
Privatsekretair!

Schmidt (aus dem Schlafe geweckt).
Wie so?
(Sich umschauend:)
Ach so! Ja wohl, Herr Meyer! Was befehlen Sie'n?

Meyer.
Wissen Sie, wie man am schnellsten Zimmtprätzeln backen kann?

Schmidt.
Nein, werther Herr Meyer! Wie backt man am schnellsten die Prätzeln des Zimmtes?

Meyer.
Wenn man's versteht!

Lerche (halb im Schlafe).
Nanu sag' ick't Euch zum letzten Mal; nu halt Euer Maul, oder ick werde unanjenehm!

Bläschen (sich umdrehend).

Weeß der Deibel, ick lieje noch immer nich orndtlich! Mit de Beene jeht et an, aber mit den Kopp will et mir noch immer nich passen.

(Lerche ist eingeschlafen)

Ach herjees, nu schnarcht der ooch noch, der Lerche; na et wird en Verjnüjen werden! Na schad't nischt, immer fidele, wenn ick man erst meinen Kopp arranjirt hätte!

Meyer. Lejen Sie'n doch unten zwischen de Beene lichtziehender Freund!

(Lerche schnarcht immer lauter.)

Bläschen (aufspringend).

Ne wat der Mensch aber for eine Schnarche hat, des is doch zu arch! Da soll nu een Mensch bei schlafen!

(Sich wieder niederlegend.)

Wenn ick mir man Boomwolle mitjenommen hätte; Heu kann man sich doch nich in de Ohren stoppen!

(Pause)

Meyer (singt):

Schlaf' Privatsekretaireken, schlaf',

Vor'm Thore stehen zwei Schaf,

Ein schwarzes und ein weißes,

Und wenn des Privatsekretaireken nicht schlafen will,

Dann kommt das schwarze und sagt ihm:

Guten Morgen, lieber Bruder!

Bläschen (halb im Schlafe.)
Hihihihi, hehehel Der Meyer is en jettlicher Kerl, der macht in eens wech Witze. Ach, nur der Lerche, der schnarcht man druf los! Der Schmidt muß wirklich'ne jute Natur haben, der liegt dichte neben ihm un schläft wie 'ne Ratze.
(Gähnt.)
Aaach, Du - Du lieber Himmel! Eijentlich müde bin ich - bin ich doch sehr.
(Einschlafend)
Na des schad't nischt - man - man immer - man immer fidele, fidele!
(Schläft.)

Meyer (teht nach einer Weile leise auf, nimmt einen Strohhalm und kitzelt damit dem Korbmacher Lerche mehrere Male an der Nase, legt dem Privatsekretair Schmidt den Halm in die Hand und zieht sich dann wieder auf sein Lager zurück).

Lerche (erwacht, reibt sich die Nase und bemerkt den Strohhalm in Schmidts Hand).
J, det is doch zu arg! Maocht sich dieser dämliche Federfuchser mit mir solchen Spaß! Na warte!
(Er biegt sich zu Schmidt hinüber und stößt ihm in die Seite).

Wenn Sie det noch mal dhun, denn können Se einije Püffe genießen!

Schmidt (erwacht aus einem Traume).
O es war mir sehr anjenehm! Kommen Sie jefälligst bald wieder!
(Sich die Augen reibend).
Was war denn das?

Lerche.
Ach, dhun Se doch nich so, als ob Sie jeschlafen hätten! En ander Mal verbitt' ick mir solchen Spaß!
(Er legt sich wieder hin und schnarcht bald darauf.)

Schmidt (sitzt noch immer verwundert da).
Das ist sonderbar! Ich glaube jar, Sie haben mir in die Seite jestoßen, werther Herr Lerche? Wenn das hier so zujeht, da ist es wohl am gerathendsten, daß man sich entfernt.
(Er legt den Strohhalm hin, steht auf und steigt leise aus dem Heuboden die Leiter hinunter.)

Meyer (nimmt einen Strohhalm und kitzelt Bläschen an der Nase).
Der Mensch muß sich seine Zeit so nützlich wie möglich zu vertreiben suchen.

(Im Wäldchen.)

Auguste.

Was mag denn schon die Uhr sein?

Der Tag wird einem unendlich lang, wenn man so früh aufsteht.

Meyer.

Ick will mal nachsehen, was meine goldene, auf einem Cylinder gehende Repitiruhr is. Fünfe! Nach Christi Jeburt!

Schmidt.

Schon Fünf Uhr, beinah, richtig! Jetzt jehen unsre Uhren schon ziemlich jleich, werther Herr Meyer! Ja, das Kaffeetrinken hat uns ziemlich lange aufgehalten.

Bläschen.

Nanu, Kinderkens, nanu sind wir in de Haide, wat machen wir denn nanu? Das Schlimmste is immer uf so 'ne Landparthie, deß man nich weeß, was man anfangen soll! So 'ne Landparthie is recht hübsch, aber wenn man sich annejirt, denn is et ooch nischt!

Lerche.

Wat wir nu machen? Vor't Erste lagern wir uns hier in's jrüne, sich schon finden!

Henriette.

Ich weeß nich, was Du immer hast, Bläschen? Was verlangste denn von so 'ne Landparthie eijentlich? Sollen de Bäume etwa uns was vordanzen? Wir können Jott danken, deß sich des Wetter so jehalten hat!

Schmidt.
Ja wohl, verehrungswürdje Madame Bläschen! Heute Morjen sah es sehr munklich aus.
Hören Sie, werther Herr Meyer, wenn Sie es nich übel nehmen: Sie könnten uns eijentlich was deklaniren.

Alle (außer Auguste).
Ach ja, ja, Herr Meyer!

Meyer.
Warum dieses nicht? Ich laße mich nicht lange bitten: immer materiell, immer Carbonade, das ist die Hauptsache! Wollen Sie von meinen eigenen Gedichten eins hören, oder was Anderes?

Schmidt (in sehr gemütlichem Tone).
Was Anderes, wenn ich bitten darf.

Meyer.
So? Na, denn werd' ich Ihnen den Jaromirijen Monolog aus de Ahnfrau: Ja, ich bin's, Du Unglückselijte! deklamiren. Jeben Sie Acht: ich

bin Jaromir, un Herr Lerche da is de Bertha, die mir „Räuber" zuruft.

Lerche
(zieht seine Schnapsflasche hervor und trinkt).
Na, ja, ick bin Bertha, ick bin die Unjlückselijte.

Meyer (deklamiert mit ungeheurem Pathos).

Ludwig.
Vater, warum schreit'en Herr Meyer so?

Bläschen.
Halts Maul Jeere! Hörste nich, daß Herx Meyer deklamirt!

Henriette.
Aber Bläschen!

Meyer.
Bin's, den jene Wälder kennen!
Bin's, den Mörder Bruder nennen!
Ja, wenn Sie nicht ruhig sind, meine Herrschaften, denn is es nischt. Dazwischen jesprochen darf nich werden, wenn ich deklamire!

Auguste.
Vater, sage mal, wo ist denn der Asur geblieben? Ich habe gar nicht bemerkt, daß er hier mit hergekommen ist.

Henriette.
Aber Aujuste! - Hörste denn nich, daß Herr Meyer uns was vorträgt?

Auguste.
Nein, das habe ich gar nicht bemerkt!
Ich saß hier so in Gedanken. Herr Meyer hat wahrscheinlich sehr leise gesprochen?

Lerche.
Ne, des is nich wahr! Ich habe in meinem Leben nich so schreien hören. Des muß man nu den Herrn Meyer lassen: 'ne jute Lunge hat er.

Bläschen.
Na bitte, bitte, Meyerken, fahren Se fort! Seid ruhig, Kinderkens, Allens ruhig, immer fidele! Se waren bei de Bertha stehen jeblieben, wie Se ihr eben sagten, daß die Mörder Ihre Dutzbrüder wären. Des war jrade eine schöne Stelle, es spannte mir sehr.

Meyer (deklamiert weiter, wird oft unterbrochen, trägt aber trotzdem alles vor, was er sich einstudiert hat).

Schmidt (nachdem Meyer sich wieder ins Gras gelegt hat).

Weiter können Sie wohl Nichts auswendig, werther Herr Meyer?

Meyer.
Non Musjeh!

Auguste.
Sagen Sie mal, Herr Meyer: auswendig können Sie sehr, sehr Vieles, kennen Sie gar nichts inwendig?

Meyer.
O ja: verdauen!

Auguste.
Auch Ihre Deklamationen?

Henriette.
Aber Aujuste, Aujuste! Hör' mal, Du wirst mir wirklich ärjerlich machen! Was soll denn das ewige Jeschraube mit Herrn Meyern?

Meyer.
Sie kann sich mit mir schrauben, die Fräulein Aujuste: davor is sie Mutter!

Bläschen.
Na, Kinderkens, wat machen wir denn nu? Hm? Des is des Schlimmste bei so 'ne Landparthie, daß man immer nich weeß, was man anfangen soll!

(Es werden mehrere Spiele vorgeschlagen und begonnen, welche aber sämmtlich die Langeweile nicht beseitigen können, die sich Aller bemächtigt hat. Augustes Vorschlag, nach dem Dorfe zurückzukehren und Abendbrod zu essen, wird daher mit Freuden angenommen.)

(Nach dem Abendessen)

Meyer.
Na nu also Alle in den Wagen hinein, un dann hurre, hurre, hopp, hopp, hopp über Stock und Stein, in das jöttliche Berlin hinein, wo die schönen Häuser sein, un die Wissenschaft mittendrein, und wo man so patriotisch hier, bei baierischer Frömmigkeit un Bier, und wo Alles so schön einjerichtet, wie's nur irjend werden könnte, das hab ich gedichtet! Wer kein Berliner nicht ist, der ist Nichts: solch ein Mann wie der Mühlendammer Meyer spricht's! - Wie ist Ihnen denn Herr Schmidt? Sie sehen ja wie Braunbier und Spucke aus!

Schmidt.
Mir is so'n bischen anjejriffen. Ich danke Ihnen gehorsamst. Etwas Kopfschmerzen hab' ich.

Meyer.

Da will ick Ihnen ein Mittel sagen. Ich habe zu Hause so'n kleines Fläschchen mit Salmiak, da riechen Sie dran!

Bläschen.
Na, Kinderkens, sitzt Ihr nu Alle? Ja? na schön, Kutscherken, denn fahren Se man zu! Der Meyer, det is doch een Sakerloter, was der vor Verse machen kann! Det jeht Allens haste nich jesehn, da hat er so'n Reim raus, der immer uf den andern paßt; wenn der Schiller un der Jethe noch lebten, die würden sich ärjern! Aber, Meyerken, Sie sind ooch en bisken bejeistert von den vielen Kümmel, nicht wahr? Ja, ja, des kommt dabon! Na, schad't nischt, immer fidele, wenn ick man nich wieder den Ludwichen uf den Schoß haben müßte! Vor de Verdauung is bei mir wirklich jesorgt: von unten stuckert der Wagen, und von oben stuckert der dumme Junge; det is en Vergnügen! Na, Kinderkens, immer fidele, aber so bald mach' ick doch keene Landparthie nich wieder!

Lerche (betrunken).
Halt Deinen Verdauungs-Thorwech, Bläschen, sonst koof ick Dir in de Jotha'sche Lebensversicherungsanstalt in, und schlage Dir dodt! Ick bin der Korbmacher Lerche, un ick fühle mir stolz! Stolz fühl' ick mir, det kann ick, davor bin ick Mutter, un der janze Jlobus, Afrika,

Amerika, Allens jeht mir nischt an! Aus den Mond da oben mach' ick mir jar nischt, jar nischt mach ick mir aus ihm; der kann keene Körbe nich flechten, kann er nich, der Schafskopp! Sitzen Se stille, Meyer, un fliejen Se mir hier nich immer uf den Leib, sonst, sonst bin ick de Prinzessin Portorike, un denn jenießen Sie wieder eine Knallschoote, jenießen Se wieder!

Meyer.
Na! Herr Lerche!

Bläschen (hm in die Ohren).
Nich doch Meyerken, lassen Sie ihm doch, er is ja schräg, das hören Sie doch woll? Kinderkens, wir wollen en bischen singen.

Lerche.
Ja, det wollen wir, det können wir!

(Sie beginnen mehrere Lieder, bringen aber keine Harmonie zuwege; auch stört das Geräusch des Wagens auf der Chaussee.)

Henriette.
Herrjees, nu hört man endlich uf mit Euer Jejröle, da kommt ja doch nischt Vernünftijes raus! Laßt eenen lieber en bisken druseln.

Schmidt (leise zu Friederike).

Mir schläfert auch, aber der Korb vor meine Beine, der hindert mir.

Meyer (nach einer sehr langen Pause, gähnend).
Ach Jott! Ach Jott, das Leben is doch schön!
(Er versucht einzuschlafen.)

Bläschen (nach einer sehr langen Pause, gähnend).
Aaach! Wenn ick doch man en bisken schlafen könnte! Aber der dumme Junge hier uf den Schooß, da soll der Deibel schlafen! Na, un der Lerche der schnarcht man wieder: des jeht jrade so, wie die französ'schen Steensetzer, wenn Se so rammeln! Jetteken, schläfst Du schon? Richtig, die schläft! Ja, die kann woll schlafen, die hat es jut, die is meine Frau: un ick bin ihr Mann, det is en jewaltijer Unterschied! - Ick jlobe jar, Meyerken, Sie schlafen ooch? Nu seh' Eener an, der Fürst von Portorieke denkt an das Wohl seines Volkes un is eingeschlafen.
(Gähnt.)
Aaach! Aaach! Ne, vor's Erste mach' ich doch keene Landparthie wieder' Des is Allens recht jut, aber man annejirt sich. Na, schadt't nischt, immer fidele!
(Er schließt die Augen.)

Schmidt (seufzend).
Ach Du lieber Himmel, der Korb!

(Gähnt und versucht wieder einzuschlafen.)

Bläschen (nach einer langen Pause).
Herjees, Kinder, et drippelt! - Ne, des is en Platzrejen! Na nu is et noch scheener, nu werd' ick hier noch naß mit Ludwig uf'n Schooß! Kinderkens, so wacht doch uf, es rejent ja! Kutscherken, Sie da, Kutscherken, haben Se denn an de Seite keen Leder nich, keene Klappen; wie is denn des?

Kutscher.
Ja, die hab ick woll, die sind aber ufjeschnallt! Um det Endeken, wat wir alleweile noch haben, wer ick doch nich anhalten un 'ne halbe Stunde lang rumnuseln, ehr ick det Allens in Ordnung krieje! Wer hat denn denken können, det sich det Wetter so schnell verändern würde!

Henriette.
Bläschen, ich bitte Dir, quängle nich so viele! Wenn De nu ooch en bisken naß wirst!

Bläschen.
En bisken naß wirst? Hat sich was zu bisken! Das dreescht ja wie mit Mollen, ick bin schon wie'n Pudel so naß!

Auguste.
Ach, und ich! Mein schönes Kleid!

Lerche (erwachend).

Na, wat Schwerebrett is denn des! Det rejent ja! Aber. Bläschen, Du hast mir ja janz naß werden lassen! Schafskopp, warum hast'n de Klappe nich zugemacht?

Bläschen (ärgerlich).

Ne, nu jeht mir doch de Jalle über, det nehm' mir keen Mensch übel! Nu bin ick ooch noch an den Rejen schuld, nicht wahr? Ja versteht sich, ick bin an Allens schuld, mir wird Allens ufjepuckelt! Erschtens hab' ick Allens besorjen müssen, denn muß ick den Jungen uf'n Schooß nehmen, denn muß ick mir annejiren, denn kann ick nich mal inschlafen, denn wer' ick naß bis uf't Hemde, un zuletzt, wenn Se nischt weiter mehr wissen, denn muß ick die Schuld von de Rejenwolken ausbaden! Ne, Kinderkens, immer fidele, aber Allens was recht is, des is zu arch!

Kutscher.

Brr! Na, nu sind wir dal

Bläschen.

Sind wir richtig zu Hause? Na, Jott sei ewig jelobt und jedankt! Ick dripple wie'n Eiszappen, uf den de Sonne scheint! Da, Auguste, nimm mal den Ludwig hier, damit ick runter steijen kann; der Fleck, wo der dumme Junge jesessen hat, des is der eenzige drockne an meinem janzen Leibe! Friederike, haste de Körbe, Allens da, nischt verjessen?

(Er steigt hinunter.)

So, Kutscherken, nu fahren Se man zu Hause; morjen komm' ick hin und werde Allens abmachen. Wo ist'n der Asur? Ach, da is er ja! Des arme Vieh wird sich jelangweilt haben. Ju'n Nacht! Herr Privatsekretair, schlafen Se wohl, ju'n Nacht! Ju'n Nacht, Herr Meyer, schlafen Se wohl, besuchen Se mir bald wieder! Lassen Se man heute jut sind, wir werden uns des schon berechnen! Na, Lerche, Du schläfst woll heute bei uns? Na scheen, denn jeh' man immer voran! Nu seh' mal een Mensch meinen Rock an, der is zum Auswrinjen!

(Die Treppe hinaufsteigend.)

Na, schad't nischt, immer fidele, aber vor't Erste kommt mir, keener wieder mit so 'ne Landparthie!

Das gefallene Pferd

Ein Pferd fällt auf der Straße und will, trotz aller Bemühungen des Kutschers, nicht wieder aufstehen. Sogleich versammeln sich eine Menge Bürger, Gesellen, Handlanger und Straßenjungen; mehrere von Ihnen helfen dem fluchenden Kutscher, Andere ergehen sich in Scherzen.

Handlanger Neumann (hält die Hand über die Augen und betrachtet das Pferd).
Hören Se mal, lieber Fuhrmann, des Pferd is hinjefallen, wenn ich mir nich irre?

Kutscher (immer mit dem Pferde beschäftigt).
Schade, det et Dir nich uf den Kopp jefallen is, da hätten wir Jrütze!

Mauergeselle Pesenecker.
Kutscherken, Kutscherken, dhun Sie mir den Jefallen und lassen Sie dieses Pferd liejen! Dieses is über die ersten Jugendthorheiten hinaus, un will sich ruhen. Ruhe is die erste Pferdepflicht; wir Menschen müssen wat dhun. Dieser Andalusier wird crepiren.

Ein Straßenjunge.
Jott, wat hat det Pferd vor schöne Knochens! Sagen Se mal, Fuhrmann, worum haben Sie'n

diesen arabischen Schimmel heute keen Fleesch anjezogen?

Posamentier Reezel.
Sie schmeicheln sich emer Irrung, lieber Junge der Straße. Dieses is keun arabischer Schimmel, sondern ächtes Kyritzer Vollblut, Mutter: Hektor, Vater: Birchpfeifer.

Zweiter Straßenjunge.
Pfui Deibel, des Thier schlägt aus! Nanu wird et bald Frühling werden.
Ach Jott 'ne, ick habe mir versehen! et deklamirt man blos. Et denkt jetzt: Leb' wohl, Du theures Land, das mir jeboren!

Handlanger Reumann (hält die rechte Hand über die Augen und betrachtet das Pferd).
Hören Sie mal, lieber Fuhrmann, des Pferd is hinjefallen, wenn ick mir nich irre! Man sollte es wieder versuchen, in die Höhe zu bringen!

Alle.
Nanu, nanu, jetzt steht et uf! Ne, da fallt et wieder hin! Nanu? - Ne, da liegt et wieder!

Kutscher.
Kotz Schock Schwerenoth! Na Du komm' mir zu Hause! Ein Betrunkener. Hören Se mal, machen Se mal hier Platz! Machen Se mal hier Platz,

machen Se mal! Ich komme! Hören Se mal des Pferd …

(Er lächelt und bringt den begonnenen Gedanken nicht zu Ende.)

Meine Ansicht is …

Ein Straßenjunge.

Haben Sie ooch noch ne Ansicht? Ick jloobe, Sie werden schief über die Sache urtheilen!

Der Betrunkene.

Det Beste is - det Beste is - man bringt das Pferd wieder zum Stehen! Wie? Insofern kann es denn nachher loofen, denn kann es nachher loofen, wohin es will, kann es!

Mehrere Straßenjungen.

Na hören Se: Sie können sich verziehen, besoffener Jüngling! Wissen Se wat, jehen Se da nach den Rennsteen, un legen Se sich zu Bette!

Handlanger Neumann.

Ja, des dhan Sie, Jeistesverwandter. Wenn det Pferd nachher ufgestanden is, den werden wir Ihnen wecken.

Tagelöhner Schneecke (schreit im Vorübergehen).

Herrjees! Platz da! Des Pferd jeht durch! (Er geht ruhig weiter.)

Posamentier Reezel.

Hör'n Sie mal, Kutscherken, dieses Vollblut scheint doch am Ende aus Rußland zu sind, es hat noch keene Façon un is en tückscher Racker. Wissen Sie was: verabfolgen Sie ihm die Knute.

Ein Straßenjunge.

Ne, ne, det hilft nischt! Kutscher, ick wer' Ihn'n 'ne span'sche Flieje holen, die zieht! Denn springen Sie blos uf de Deichsel un halten Se über det Pferd.

Kutscher.

Halt's Maul!

Kolporteur Wipp.

Ne, det hilft ooch nischt, die Spanier ziehen jetzt nich mehr! Wissen Se wat? Hier hab' ick sechs Staatszeitungen; legen Se die den paterländischen Wallach unter, denn springt er uf. Ick sage Ihnen, Kutscher, dhun Se't! Sie kennen die Politik in de Staatszeitung nich! Det hält keen Pferd aus!

Alle.

Nanu? Nanu! Jetzt, hü, brrre! Da! Da richtig, nanu steht et!

Kolportenr Wipp.

Sehen Se woll, Kutscher, wat ick Ihnen sagte! Des Pferd hat Angst jekricht! So'n Thier is zu klug.

Handlanger Neumann (Geht zum Kutscher und hält die Hand auf)
Na wie is et denn, Fuhrmänniken? Krieg' ick keen Bierjeld?

Kutscher (st auf den Wagen gestiegen, treibt seine Pferde an und fährt schnell fort; sich umdrehend).
Dämliche Package Alle zusammen! Witze können Se machen über Allens, aber dhun dhun Se nischt!

Der Betrunkene (ihm nachturkelnd),
Nu fährt der Kerrel, fährt er jradezu immer weiter, immer weiter, ohne mir mitzumehmen. So'n schafsdämlicher Kerrel is mir in meinem janzen Leben noch nich vorjekommen.

Die neue Geschichte

(Unterhaltung zweier Männer aus dem Volke.)

A. Sag' mal, hast Du denn schon davon gehört?

B. Wo von' den?

A. Nu von die Jeschichte mit den - mit den na da draußen, da neben die - jees! wie heeßen denn die Leute?

B. Meenst Du vielleicht die neue Bierkneipe?

A. J ne doch! Ick meene die Jeschichte da mit den - na, der Name schwebt mir uf de Lippe. Die da draußen vorjejangen is, da bei - da draußen bei - Jott, Du mußt ja den Ort kennen!

B. Ach, Jees, des is die Jeschichte mit den - ja, die kenn' ick - mit den - na mit den, Jees, wie heeßt er doch? Die meenste?

A. Richtig, die meen' ick. Also Du kennst se schon?

B. Ja, die kenn' ick; die hat mir ja der - der na wie heeßt er denn, erzählt. Der - da draußen - Du weeßt ja!

A. Ja, ick weeß schon, det is die Jeschichte! Von Den hab' ick se ooch.

Scene im Amphitheater

Der Schneidergeselle Huscher und der herrschaftliche Bediente Pinke sind zum ersten Male im Theater.

Neben Ihnen sitzen der Bürger und Drechslermeister Schradicke und der Glaser Schneller, deren Bekanntschaft sie unten in der Vorhalle gemacht haben.

Es ist Fünf Uhr vorbei.

Pinke.

Na det war'n Stück Arbeet, die Drängelei! Ick habe aber links un rechts Buffe ausjetheilt, det die Leute ihre Knochens acht Dage lang fühlen werden. Nu bin ick aber froh, det wir sitzen; nu will ick doch ooch mal sehen, wat Theater is!

Schradicke (spricht sehr langsam).

Sie werden sich sehr anjeregt fühlen, was ich Ihnen sage. Sehen Sie, des da in de Mitte is der schöne Kronenleuchter im ejiptschen Jeschmack, weil es sonst finster wäre. Und ringsum brennen ooch noch Seitenlampen.

Huscher.

Mit Verlaub, Herr Schradicke, des da jradezu is woll der Vorhang?

Schradicke.

Janz recht, des is der Vorhang; so wie der uffezogen is, werden Sie hinter den Souffleurkasten die Bühne sehen, auf welcher die Kunst vor sich jeht.

Schneller.
Sie sind woll ein Kunstfreund, Herr Schradicke?

Schradicke.
Aufzuwarten, Herr Schneller, ja wohl!
Wie jesagt, ich bin Bürjer und Drechslermeister, aber nebenbei bin ich Kunstfreund, und die Littratur intressirt mir ooch, welche die Prosa des Lebens überhebt. Jedesmal, wenn ick in't Theater jewesen bin, les' ich nachher de Rezensionen, um zu sehen, ob die Rezensenten Recht haben. Mit Rellstapen stimm' ick fast immer überein.

Pinke.
Wat is denn det: Rellstapen?

Schradicke.
Rellstab, des is, wenn man de Voßsche Zeitung lest, un hinten an de Rezensionen kommt. Na, ick sage Ihnen, wie da die Schauspieler manchmal herhalten müssen! Aber Allens jerecht, strenje, aber mit Weisheit. Denn, Sie wissen des nich so, aber ich sage Ihnen, wie die Schauspieler manchmal spielen, na! Na, wenn man Das so beurtheilen kann, wie ich zum Beispiel, herrjeh!

Denn sehn Sie: ich kann nämlich auch rezensiren. Janz orndtlich rezensir' ich, ja wohl! Wenn ich zu Hause komme, denn rezensir' ick sleich vor meine Familie.

Huscher.
Sagen Se mal, Herr Schradicke, da unten janz vorne kommen ja welche mit Spiel-Instrumente; wird denn auch Musike jemacht?

Schradicke.
Na ob, Herr Huscher! In de Zwischenakte, versteht sich, ja wohl! - Aah, unsere Musik in de Zwischenakte, die is ausjezeichnet!
Ja, als Kunstfreund versteh' ich Das, denn sonst würd' ich Das nich verstehen, weil ich keine Musik jedrieben habe.

Pinke.
Sehen Se, da unten rechts durch die kleene Dhüre, da kommt wieder ein Musici!

Schradicke.
Sie entschuldjen, Herr Pinke, Sie sprechen des Wort falsch aus: immer Kus oder Kant. Nie Cie!

Eine Stimme.
Jottlieb, jib mal de Pulle raus; entschnapse Dir mal!

Ein Knabe.

Na wat is denn Det? Wie können Se mir denn meinen Platz wechnehmen?

Ein Geselle.

Halt's Maul, diesfähriger Junge! Die kleene Kreete will ooch 'en Platz haben! Wo Du fitzt, da kann 'n Mensch sitzen!

Ein Anderer.

Ja, aber det jeschieht nich!

Der Geselle.

Ohoch! Sind Sie ooch da? J sehn Se mal, also ooch da! Und noch dazu witzig, nu kuck! Ne, det hätt' ick nich jedacht, det ooch Schaafsköppe in't Theater jelassen werden!

Schradicke.

Hör'n Se mal, Herr Pinke, da hinter uns wird et en bisken laut. Det sind nämlich Störungen im Publikum. Die fallen immer so vor, wenn et noch nich anjefangen is. Denn sehn Se, wenn Se det nachher dhun, denn wer'n Se rausjeschmissen. Denn natürlich, sonst stört des der Vorstellung.

Ein Dienstmädchen.

Sie, Kanonier, ick habe App'tit; jeben Se mir mal einen Appel von hinten aus de Tasche.

Kanonier.

Recht jerne, Lowise, aber ufrichtig, Sie essen zu ville Aeppel; Sie werden sich überladen; deht jeht ja schon seit zwee Stunden een Borschdorfer über den Andern, den Sie sich in'n Leib schlagen. Sie müssen ja wie 'ne gebratene Jans inwendig aussehen!

Dienstmädchen.

Herrjees, Kanonier, Sie werden eeklich.

(Der Apfel entfällt ihren Händen.)

So, nu fällt er mir ooch noch runter! Na, so bücken Se sich doch, Sie steifer Liebhaber! Sie werden mir doch den Appel ufheben?

Kanonier.

J, wer weeß, wo der hinjetrudelt is! Um eenen solchen lausijen Borschdorfer wer ick mir ooch noch bücken!

Schneller.

Heute is des Theater nich voll.

Schradicke.

J wie so? Ick dächte jrade? Det nenn' ick schon sehr voll, wenn so viele Leute drinn sind.

Schneller.

Ja, et kann aber ein Appel zur Erde fallen. Eben is mir eeener unter de Füße jetrudelt.

Schradicke.

Ja, ick will Ihnen sagen, Herr Schneller, dieses kommt vor! Wenn nämlich hinten einer einen fallen läßt, denn trudelt' er hierher, weil es hinten in die Höhe jeht.

Eine Frau.

Du, Scheebler, jib mir mal den Zettel, ick will mal de Personen lesen.

Der Mann.

Ja, recht jerne, Hannchen, aber da hab' ick die Butterstullen drin injewickelt.

Schradicke.

Herrjees, ja! Jut, des mich da hinten einer dran erinnert. Sie müssen ja de Personen lesen, meine Herren. Warten Se mal eenen Oojenblick, ick habe eenen in der Tasche jestochen!
(Er sucht.)
Da is - ne, det is die Rechnung vor den Geheimen na, ick habe doch den Zettel injestochen - warten Se mal, vielleicht in de Brusttasche, da hab ick'n vielleicht aus Vorsicht - bei't Drängeln unten kann man manchmal nicht wissen, wie er einen rauskommt ne, da is er ooch nich, - na da muß doch en Don - ner - wet na, nu seh, da is er! Nu denken Se sich, hab' ick den Zettel hier aus Vorsicht in der Hosentasche jestochen.

(Er breitet den Zettel aus)

Sehn Se, da steht es jedruckt: „Die Jungfrau von Orleans, romantische Trajedie in Fünf Akten von Schiller."

Huscher.

Is det Der, von den die Jedichte sind?

Schradicke.

Welche?

Huscher.

Na: de Burgschaft un de Klocke?

Schradicke.

Ja, versteht sich, des is von den nämlichen Schiller, ja wohl! Aah, Allens was Recht is: der Mann verstand sein Fach; er kannte die Litteratur, ja wohl! Er hat ja auch die Räuber jemacht, ja! die sind auch von ihm. Und denn der Wilhelm Tell! Aah, det sind zwei sehr hübsche Stücke. Sie stehen auch in der Littratur, ja wohl! Früher hab' ick sie auch jesehen unter Ifflanten. Ja, das is der Schiller.

Pinke.

Na, nu lassen Se uns mal den Zettel lesen.

(Er liest)

„Karl der Siebente, König von Frankreich." - Herrjees, ick denke Ludwig Philipp is noch!

Schradicke.

Na wie so? Wie soll ick Ihnen verstehen? Ludwig Philipp, des is, wenn man de Zeitung list, unter den Artikel Frankreich. Der is nämlich jetzt König von Frankreich, in Paris, versteht sich, ja wohl! Der is von de Reflution, der hängt jar nich mit de Jungfrau zusammen. Der Karl der Siebente war aber damals wie die Jungfrau von Orleans existirte.

Schneller.

Sagen Se mal, Herr Schradicke, jetzt is woll keene Jungfrau von Orleans mehr?

Schradicke (etwas unwillig)

J, ja wohl, des will ich ja damit nich jesagt haben, Sie machen mir ja janz konfuse. Des is ja hier nich damit ausjedrückt, deß des eine bloße Jungfrau is. Des is ja hier eine janz aparte, die als Jemeiner unter de Soldaten jeht, un jleich Jeneral wird. Sie werden des ja noch Allens hören; Sie müssen mir nur zu Worte kommen lassen, un mir verstehen!

Huscher.

Na, lieber Herr Schradicke, so werden Sie doch nich gleich so cholerarisch; wir wollen uns ja man blos orjentiren, weil wir noch keen Theater jesehen haben, Pinke und ich. Uf den Herrn

Schneller hier müssen Se nich hören, denn so ville hab' ick los, der macht Witze. Der verstellt sich blos, als wär' er dumm.

Schneller.
Ja, det habt Ihr alle Drei nich nöthig.

Schradicke.
Nein, nie! Ich wenigstens, was mir betrifft, ick verstelle mir niemals. Na, nu lesen Se weiter, Herr Pinke. „Karl der Siebente"

Pinke (lesend).
Karl der Siebente, König von Frankreich, Herr Lavalle.
(Zu Schradicke:)
Lavallade? Wer ist'n des?

Schradicke.
Nu, mein Jott, der spielt ja den Siebenten, der macht ja den Karl, der kommt ja als König vor!

Pinke.
Kommt als König vor? Spielt den Siebenten?

Huscher.
Macht den Karl?

Schneller.
Na ja, Lavallade verstellt sich?

Pinke.

Ach so, nu versteh ick, der hat sich verkleedt, und macht nu lauter solche Bewegungen, det man jlooben soll, er is'en König von Frankreich? Nu versteh' ick! Da - da fängt de Musik an!

Huscher.

Entschuldjen Se, Herr Schradicke, det ick noch nich draus klug werde. Sind denn det hier keene Puppen?

Schneller.

Ne, ne, Sie sind uf't Ballet, lieber Herr Huscher!

Schradicke.

Ja wohl, nein! Dieses sind hier janz natürliche Menschen, die Sie da unten sehen werden. Die spielen blos so, was der Dichter jemacht hat, un der Souffleur Ihnen vorsagt.

Huscher.

Na denn is et ja aber jar keene Kunst, wenn Se ohne Strippe jehen! Denn kann ick't ja ooch! Ob ick hier jehe, oder da!

Schneller.

Na hör'n Se, so janz leicht is et doch nich. Wenn Sie nu zum Beispiel sollten einen jescheidten Menschen vorstellen?

Schradicke.

Ja wohl, das is nich so leicht, wie es aussieht; es würde selbst mir schwer werden! Die Littratur sagt sogar, deß es sehr schwierig is, ja wohl! Aber da klingelt et! Nanu sein Se ruhig un jeben Se Obacht! Nu wird jleich der Vorhang in de Höhe jehen, un denn jeht et an.

(Der Vorhang fliegt auf; die Vorstellung beginnt.)

Huscher (leise zu Pinke).

Herrjees, Du, Pinke, seh' mal den jroßen Eichboom, der is jewiß aus den Dhiergarten!

Pinke.

Halt's Maul, ick will jetzt hören, wat der sagt!

Mehrere Stimmen.

Na, ruhig da!

Pinke (Schradicke ins Ohr).

Welche is denn de Jungfrau von Orleans, Herr Schradicke!

Schradicke (leise).

Die da, die da unter den Boom sitzt, un in den Sand sonne Fijuren malt.

Pinke (leise).

Na sind denn die beeden andern keene Jungfrauen von Orleans?

Schradicke.
Ne, det sind bloße Döchter von den Alten da, von den Vater Thibault. Die haben man wenig zu dhun; die heirathen jleich, un denn sind se fertig. Denn haben se blos noch een Mal bei de Krönung zu dhun.

Huscher (lacht, laut).
Herrjees, des Mächen setzt sich den Helm uf, Die is putzig! Det is zum Dodtlachen! Viele Stimmen. Ruhe da!

Huscher.
Na, na, na, na! Man wird doch hier vor seine sechs Jroschen reden derfen.

Schradicke (leise).
Ne, ne, des dürfen Sie nich, Herr Huscher, des stört ja!

Huscher (leise).
Na aber die da unten reden doch!

Schradicke.
Ja, dieses sind ja auch die Künstler, die spielen ja! Se können doch nich spielen wenn se nich reden dürfen!

Schneller.
Ne, denn spielen se nie, wenn se nich reden.

(Das Publikum applaudiert.)

Pinke.
Wat is denn det? Warum schlagen Sie'n sich so in
de Hände, Herr Schradicke? Muß man des dhun?

Schradicke.
Ne, man braucht nich, aber ich bin ein
Kunstfreund, un des Spiel regt mir auf. So'n
Monolog, des is ja was jöttliches, wenn se so
schreien, deß einen das Herz in Leibe springt.

Hulcher.
Ich habe keenen Monelooch jesehen, wo war der
denn der?

Schradicke.
Den kann man ja ooch nich sehen, den hört man
ja! Ein Monolog, des is, wenn einer janz alleine
was deklimirt. So mit de Hände, wie die Jungfrau
eben jedhan hat.

Huscher.
Wat hat se denn jedhan?

Schneller.

Haben Sie's denn nich jehört? Sie jeht als Jungfrau freiwillig unters Militair und dient ihr Jahr ab.

(Der erste Akt ist zu Ende.)

Pinke.
Ueberjens, dumm is die Jungfrau nich, die hat wat jelernt und läßt sich de Butter nich von't Brod nehmen. Haste woll jehört, Huscher, wie Se den Heroldten abdämmte? Ich jloobe, da hätte nich ville jefehlt, sie hätte ihm eene jestochen, det er sich um un dumm jedreht hätte.

Huscher.
Mir hat Se am meisten jerührt, wie se den König die Dröme erzählte, die den jedrömt haben. So was is sehr schwer, wenn man sich nich drinn jeübt hat.

Schneller.
Herrjees, Herr Schradicke, Sie weenen ja!

Schradicke (trocknet sich die Tränen).
Ja wohl, Herr Schneller, mir jreift die Jungfrau immer sehr an. Dieses einfache Landmädchen, und dabei diese Courage! Un denn der König! Des is wirklich ein seelensjuter Mensch, der König!

Schneller (präsentiert ihm eine Schnapsflasche).

Kann ick Ihnen villeicht mit einen Bittern ufwarten, Herr Schradicke. Sie sind ein Kunstfreund un kennen de Littratur: Ihnen jreift so was an. Jießen Sie einen Bittern auf Ihre Rührung.

Schradicke.
Ich danke Ihnen, Herr Schneller, Sie sind sehr complesant. Ich drinke halb feinen und halb doppelten Pommeranzen, un habe immer meine eijene Flasche bei mir. Sehen Se woll, da is se! Un da is noch etwas Abenbrodt, des is auch sehr jut, wenn man nämlich in't Theater Hunger kricht. Meine Frau legt immer en bisken kalten Braten druf, uf de Stullen.
(Er ißt und trinkt.)

Pinke.
Herr Schneller, jeben Se mir mal Ihre Pulle: ich bin ooch sehr jerührt.

Putzmacherin (zu einem Knaben).
Na hören Se mal, junger Mensch, Sie drängeln sich ja immer näher an mir ran! Was woll'n Sie'n damit sagen?

Knabe (leise).
Sie sind ein liebenswürdiges Mädchen; ich habe eine Neigung für Sie gefaßt.

Putzmacherin (mit höhnischer Miene).
Na so muß es kommen! Sie kleiner Mensch denken auch schon an des? Haben Sie Ihre Schularbeiten schon zu morjen fertig? Wie is et'n mit den Spruch, den Se'n Sonnaben hersagen müssen? Jehen Sie, kleiner Quartaner, fassen Sie noch keine Neijungen als Junge!

Schneller (auf den Knaben deutend, zu Huscher).
Mit den möcht' ick nich zusammen drinken, det is'n Quartaner! Da kommt man zu kurz!

Knabe.
Sie irren sich, Mamsell, ich bin nicht mehr in Quarta, ich bin schon in Sekunda.

Schneller (zur Putzmacherin).
Na, wissen Se wat, Manmsell, denn heirathen Se den Kleenen. Denn werden Sie eine Sekunde, un können ihm alle Oojenblicke schlagen. Oder wissen Se noch wat, nehmen Se mir!
(Er trinkt)
Ick bin Jlaser, mir können Se durch un durch sehen; un wenn Sie mal eine Scheibe instoßen, denn - denn is Se entzwee.

Putzmacherin.
Ne, ne, ick nehme keenen von Beeden. Der is noch nich drocken hinter de Ohren, un Sie werden et nie in de Kehle.

Schradicke (schluchzend).

Hör'n Se mal, Herr Pinke, können Sie mir woll, uf einen, Dojenblick Ihren, Schnuppduch borgen? Ick muß meinen verjessen haben; ick habe schon, alle Taschen durchjesucht, aber ne! Wissen Se, Herr Pinke, ich habe so ville, jeweint, davon is Des. - So; ick danke Ihnen; Sie können 'n jleich wieder haben. - Ach! - So, Herr Pinke, da is er wieder! Wenn ick Ihnen mal wieder mit so wat jefällig sein kann, denn sagen Se't mir man.

Huscher.

Du, Pinke, jib mir mal Pinke. Halt's Maul, da jeht der Vorhang wieder ruf. Nu kommt jewiß die Keilerei mit de Engländer, daruf bin ick neujierig.

(Der zweite Akt beginnt.)

Pinke (leise zu Schradicke).

Na hör'n Se mal aber, Herr Schradicke, die Mutter von den König, des is ne jute Pflanze! Den alten Jungen möcht' ick mir woll mal näher besehen, durch'n Fernrohr vom Wachholder, det heeßt! durch eens, wo keene Jläser drinn sind.

Ich bejreife gar nich, worum die Engländer ihr nich boxen? Die sind doch sonst damit jleich bei de Hand.

Schradicke.

Ja, es is eine sehr schlechte Frau. Ja wohl!

Pinke.
Herrjees, Sie weenen ja schon wieder!

Schradicke.
Ach, bitte, des hat nischt zu sajen; es war man eine Thräne über dieser Mutter. Ich weeß nich, ich kann alle Menschen verzeihen, aber wenn Mutterliebe ufhört, Mutterliebe zu sind, und wird
(er schluchzt)
so unnatürlich, denn erfolgt bei mir, Riehrung.

Huscher (zu Schneller).
Wie heeßt der, der so bitt't, deß Se ihm soll leben lassen?

Schneller (deutsch aussprechend).
Mondjomeery! Sein Vater is eine engelsche Stiebelrwichs-Fabrik in Wallis. Sie können auch Wichse von ihm haben

„Montgomery.
O, bei der Liebe heilig waltendem Gesetz,
Dem alle Herzen huldigen, beschwör' ich dich!
Daheim gelassen hab' ich eine holde Braut,
Schön, wie Du selbst bist, blühend in der Jugend Reiz.
Sie harret weinend des Geliebten Wiederkunft.
O, wenn Du selber je zu lieben hoffst und hoffst

Beglückt zu sein durch Liebe, trenn' grausam nicht
Zwei Herzen, die der Liebe heilig Bündniß knüpft."

Schradicke (leise zu Pinke).
Ach, lieber Herr Pinke, haben Se de Jüte, un borjen Se mir Ihren Schnuppduch noch mal.
(Die Tränen stürzen ihm über die Wangen.)

Pinke (etwas unwillig sein Schnupftuch überreichend).
Na hör'n Se mal aber, Sie plinsen denn ooch wat ehrliches zusammen!

Schradicke.
Ja wohl! (schluchzend.)
Dieser arme junge, Mensch! Er stirbt ohne, Heimath, lieber Pinke. Er is ein Engländer, des is weit von da, und nu
(Laut schluchzend.)
Da! da schlägt se ihm todt!

Mehrere Stimmen.
Ruhe davorne, oder!

Schradicke (sich halb umdrehend). Wie kann man so, ohne Jemüth sind! Wenn ein Kunstfreund …

Mehrere Stimmen. Maul halten!

Pinke (schon mit etwas schwerer Zunge).
Na na, na na! Det werdt doch keene Keilerei nich werden sollen? Wenn Eener Fäuste besehen will, der kann herkommen, bei mir, det Stück eene Natel.

(Der zweite Akt ist zu Ende.)

Schneller (zu Huscher). Drinken Se noch schnell en paar düchtije Hiebe, un denn vertrösten Se die da hinten uf 'ne Andere Sorte.

Ein Geselle.
Ihr werd nu ruhig sind da vorne, wenn jespielt wird, oder ick schmeiß' Euch raus, un spiele Euch draußen eine Jungfrau von Orleans vor, det Ihr jlooben sollt, det janze Trauerspiel besteht aus Maulschellen.

Schneller (leise zu Huscher und Pinke).
Kinder, det werd't Ihr doch nich leiden? Wenn Ihr det leid't, denn habt'r keene Ehre im Leibe!

Huscher (zum Gegner).
Voigtländer, reiß' da hinten Deinen Rachen nich so uf, oder et setzt Hiebe!

Pinke.
Schwüler Junge, kühle Dir ab, oder et kommt ein Jewitter! Et schlägt in bei Dir, sag' ich Dir!

Schradicke (ängstlich).

Hör'n Se mal, meine Herren, des wird Störungen jeben! Sie können hier rausjebracht werden, ick habe schon so wat munkeln jehört.

Schneller (leise zu Pinke).

Du, wenn De det von den dämlichen Drechsler leid'st, denn biste keen Kerl!

Pinke (zu Schradicke).

Drechsler, oller Junge, biste ooch da! Na schön, schöne! Du bist mir ooch lieber, wie'n Schock Ratzen! Kunstfreundeken, wenn Du erscht anfängst, denn kann et losjehen!
(Er schlägt nach ihm.)

(Der dritte Akt beginnt.)

Schradicke (wütend, indem er Pinke bei der Brust faßt).

J Herrjeeses, des is denn doch zu arch! Einen Bürjer, der es redlich meent, so zu behandeln.
(Sie prügeln sich. Die Zuschauer fordern Ruhe, Pinke, Huscher und Schradicke werden hinausgebracht.)

Huscher.

Na wat soll'den det? Meine sechs Jroschen Courant Entree! Lassen Sie mir los! Des Stück is ja noch nich aus!

Pinke.
Ick habe mir blos verdeffendirt! Wie so kann ich hier 'rausjebracht werden? Ich will die Jungfrau aus ...
(Wird abgeführt.)

Schradicke (mühsam über eine Bank steigend).
Dieses hat man nu als Kunstfreund davon, daß man sich mit Leute einjelassen hat, die keine Bildung haben!
(in der Tür)
Herr Pollezeicom . ..

(Die Tür wird zugemacht.)

Herr Buffey

Herr Buffey sitzt unter mehreren ihm unbekannten Handwerkern.
Das Gespräch dreht sich um Borgen, schlechte Schuldner etc. und er erzählt folgenden, ihm begegneten Vorfall.

Herr Buffey (lispelnd). Sehn Se, so is mir ooch jejangen; ich habe mir aber, was man so nennt, zu helfen jewußt. Ich bin nämlich Herr Buffey. Ich wohne in de neue Kommandantenstraße neben de Kuhställe, und habe eine kleine Tebajie mit ein nobel Jö de Billjardt, das heißt eens worauf man spielt, nennt man des. Ich sitze also eenes Morjens janz alleene in meine Tebajie un stoppe mir eene, nämlich eine Pfeife, heißt des. So kommen zwei junge Menschen zu mir rin un spielen auf mein Billjardt, un spielen bis Nachmittag um vier Uhr, so daß der eine junge Mensch hundert un fufzig Parthien verloren hat, un mir Davor Fünf Dhaler Courant schuldig is. Des is jut. So kommt der junge Mensch uf mir zu un sagt zu mir: „Hören Se mal, Herr Buffey!" Ich sage: „Ja!" „Hören Se mal," sagt er, „ich bin Ihnen Fünf Dhaler schuldig." „Des sind Sie," sag' ich. So sagt er: „Hören Se mal, Herr Buffey," sagt er, „ich habe kein Jeld bei mir." „Des is schlimm!" sag' ich. Ich sage: „ich habe die Ehre Ihnen nich zu kennen!" „Nu, nu!" sagt er, des hat nischt zu sagen, Herr Buffey; ich bin ein Mensch, der was zu sagen hat; ich wohne in de neue Friedrichstraße, des is ne Jegend!" „Ach!" sag' ich, „des is was anders, des is ne schöne Jejend, besonders so an de Königstraße.

Hören Se mal," sag ich, „da müssen Sie ja ooch den Viktualienhändler Breese kennen, der wohnt da, des is mein Jevatter." „So?" sagt er, „ach des is der Mann, der sich immer so anzieht un so aussieht?" „Richtig," sag' ich, „des is der; des freut mir, deß Sie ihn kennen." „Na," sagt er, „Herr Buffey, ich sehe woll, Sie sind ein Mensch, mit den sich umjehen läßt. Sie sind jewiß ein Bürjer?" „Na," sag' ich, „des will ich wissen, des versteht sich! So nimmt er seinen Hut, behält ihn vor mir in de Hand, un sagt zu mir: „Herr Buffey," sagt er, „in acht Dagen haben Sie Ihr Jeld. Leben Sie wohl!" Ich ermpfehle mich Ihnen janz jehorsamst!" sag ich. Und darauf verschwindt er.

Nu hab' ich so 'ne kleene, rotznäsige Jeere von Schwester, die is Fünf un fufzig Jahr alt un fiehrt mir meine Wirthschaft, des heißt: sie kocht mir, fegt mir aus und arranjirt mir Alles, weil ich nich verheirathet bin, sondern ledig, nennt man des. Also die erzähl' ich nu die Jeschichte. So sagt sie, „Na, na!" sagt sie.

Ich sage: „Wie so?"

„Na, na!" sagt Se, „des nimm mir nich übel!"

„Nee," sag' ich, „wie so meinst Du des? Ich versteh' Dir nich."

„Na," sagt Se, „die Jeschichten kennt man, des is immer so!"

„Ne," sag' ich, „des seh' ich nich ein!"

„Na," sagt Se, „Du wirst es erleben, Buffey!"

„Na," sag' ich, „das wird sich finden. Du wirst es sehen, deß ich in acht Dagen mein Jeld habe!"

Des is gut. Ich warte acht Dage, ich warte vierzehn Dage, ich warte vier Wochen, wer nich kommt, is mein junger Mensch! Also die Jeschichte fängt mir an, in'n Kopp rum zu jehen, das heeßt, es wurmte mir, daß der Mensch vielleicht keine redlichen Absichten mit mir hatte. Ich jeh' also zu meine Schwester.

„Hör' mal!" sag ich, „sage mir mal, was sagst Du'n dazu: ich wer' den Menschen verklagen!" „Nu natürlich!" sagt Se, „was wird 'n Dir anders übrich bleiben?" „Ja," sag' ich, „des is meine Ansicht ooch!" Un so zieh' ich meinen blauen Überrock mit den Sammtkragen an, jeh' nach de

Könichstraße und laß mir zeigen, wo das Stadtgericht is.

Ich jeh also in den Dhorweg ein, un kloppe da an de Dhüre, so schreien Se „Herein!"

Ich sage: „Sie entschuldigen!"

„Ja!" sagen Se.

Ich sage: „Ich bin hier wohl janz recht?"

„Ja, Sie sind janz recht."

„Ich wollte jern Jemanden verklagen," sag' ich.

„Nein!" sagen Se, „des is hier eine Frühstücksstube, da müssen Se jefälligst um die Ecke jehen!"

Ich jeh' also um de Ecke, ich kloppe da an, so schreien die Leute:

„Herein!" schreien Se.

Ich sage: „Sie entschuldigen!" „Herrjees!" sagte die eine Frau, „Ihr Jesicht kommt mir so bekannt vor; ich muß Ihnen schon irgendwo jesehen haben!" -

„Ja," sag' ich, „des is woll möglich, da komm' ich zuweilen hin. Ich bin Herr Buffey, Bürjer natürlich, un habe eine Tabajie, wo hinten en Jartenverjnügen dran is."

„Ach ne, Gie sind es nich," sagt die Frau, „nehmen Se's nicht übel!"

„J, wie so?" sag' ich, „Jott bewahre. Sagen Se' mal," sag ich, „besorjen Sie hier die Prozesse?" -

„Ach," sagt Se, Herr Buffey, Sie wollen gewiß auf's Stadtgericht; da müssen Se jehorsamst hier links in die Dhüre da jehen, wo der Mann vorne steht. Ich jebe mir nich damit ab," sagte sie, „ich bin blos eine Möbelhandlung."

„Ach so?" sagt' ich, „na nehmen Se's nich übel!"

„Nein!" sagt Se,

un so jeh' ich denn dahin.

Also nu wurde ich natürlich sehr unangenehm, das können Se sich woll denken, weil man mir so oft vexirte, und von Pontius zu Pilatus schickte, - so wie ich also eben in de Dhüre trete, wo alle die Refrendarjen sitzen, so jeh' ich auf den Einen zu, un sage:

„Hören Se mal," sag' ich, „des is ja eine verfluchte Jeschichte, werd' ich denn nu endlich mit Ihnen en Prozeß anfangen können?"

„Mit mir?" sogt er, „wie so?"

„Na," sag' ich, wollte jern Jemanden verklagen."

„Ach so?" sagt er, „warten Sie nur ein wenig!" Darauf nimmt er einen neuen Bogen Papier un sagt zu einen andern, der noch jünger war: „Herr Kollege, wollen Sie wohl gefälligst die Jeneralfragen übernehmen?"

„Wie so?" frag' ich, - „behandeln Sie mir nich mehr als Militeer! Ich habe schonst jedient, wie Sie noch in de Windeln lagen; - ich bin jetzt Bürjer."

„Schon jut!" sagt er, „das is auch nich so jemeint".

Darauf schrieb er da was und frächt mir denn, wie ich heiße. Ich sage: ich bin Herr Buffey, ich wohne in de neue Kommandantenstraße un habe vorne eine kleine Tebajie un hinten hab' ich ein Jartenvergnügen."

„Wie alt?" „Sechs un virzich!" sag' ich, „ich jehe in's sieben un virzichste, den dreizehnten October werd' ich sieben un virzich, zwee Dage vor den Kronprinzen sein Jeburtstach." -

Schon jut!" sagt er, „welche Reljon?" - Ich sage „lutherisch," un so frägt er mir aus, als wenn ich ein Verbrecher wäre; un so wie er fertich is, so kommt der Andere wieder und frägt mir, „sagen Se mir mal, Herr Buffey," sagt er, „wie heißt'n der Mensch, den Sie verklagen wollen?"

„Ja," sag' ich, „das weiß ich nich!"

„Hören Se," sagt er, „das is schlimm! Wissen Se vielleicht, wo der Mensch wohnt?"

„Nu!" sag' ich, „das will ich wissen, er wohnt in der neuen Friedrichstraße!"

„Welche Nummer?" - „Ja," sag ich, „das weiß ich nich, da fragen Se mir zu viel!"

„Hören Se," sagt er, „Herr Buffey, das is sehr schlimm! Nun wissen Se was! Nu bezahlen Se fufzehn Silberjroschen Instrecktionsjebühren, un denn wird der Prozeß schweben."

Ich bezahle also das Jeld un jeh' zu Hause, un erzähle des meine Schwester. so sagt sie: „schweben?" sagt sie, „na, na, Buffey!"

Ich sage: „laß des jut sind, Du wirst es sehen, daß ich die Sache durchsetze!"

Sehen Se, nu wart' ich Ihnen vier Wochen uf de Absolution, es kommt keine. Ich warte noch vierzehn Dage - es kommt richtig keine Absolution. Also nu werd' ich sehr eeklich, denn ich bin Bürjer un man hält mir hin, das heißt: man verzöjert die Sache. Ich geh' also wieder nach des Stadtjericht; ich treffe richtig eben den Refendarjus, setze mir in Position un sage zu ihm: „sagen se mal," sag' ich, „wie is des mit meinen Prozeß! Des is ja eine Schwerenoths-Jeschichte! sie haben mir doch versprochen, daß der Prozeß schweben wird!"

„Ach," sagt er, „sie sind Herr Buffey?

„Ja,"

sagt er, „hören Se mal, der Prozeß schwebt noch!"

„so," sag' ich, „na, wissen Se was, wenn er noch schwebt, denn können sie mir im Martini'schen Kaffeehause Lectüre vorlesen!" sag' ich, un so wi e ich des jesagt habe, so faß' ich mir'en Herz un kratze aus! Also der Refendarjus un alle die andern hinter mir her; ich de Könichstraße runter, sie mir Alle nach, un vie wir an de Poststraße kommen, so kommt der

Stadtjerichtsminister, der hält den ersten Refendarjus uf un sagt zu ihm:

„Um Jotteswillen," sagt er, „was wollen Se denn von den Menschen?"

„Ja," sagt er, „der hat jesagt, ich un wir Alle könnten ihm"

„Nu!" sagt er, „meine Herren, des hat ja nich solche Eile; laßen se doch den Menschen Zeit!" uf diese Weise hatte ich also meinen Prozeß jeendigt; nu will ich Ihnen noch erzählen, wie ich zu mein Jeld jekommen bin. sehen Se, am 24sten Aujust is immer Stralower Fischzuch, da jeh' ich jedesmal mit meine Schwester un en paar jute Freunde raus. Wir nehmen uns ein paar Pullen Branntwein mit, un Brod, un Schinken, das heißt mit einem Wort: wir versorgten uns.

Also ich sitze am verjanjenen Fischzug ooch da; wir hatten uns en paar Jläser Weisbier jeben lassen un waren sehr verjnügt, wir erheiterten uns nämlich. so seh' ich mit einem Male den jungen Menschen unter die Menge Leute; — ich bleibe ruhig sitzen un denke; du wirst mir schon kommen, denk' ich, un richtig! der junge Mensch jeht zufällig dicht an unsern Disch vorbei, un so wie er mir jewahr wird, so sagt er: „J Jeses!" sagt er, „Herr Buffey!

Wie kommen sie denn hierher? des is mir lieb, deß ich Ihnen endlich mal finde; ich muß Ihnen was sagen!" So zieht er mir bei Seite und sagt zu mir:

„Herr Buffey, Sie wissen doch noch, daß ich Ihnen Fünf Dhaler schuldig bin?"

„Na ob!" sag ich.

„Wissen Se was?" sagt er, „wir treffen uns hier heute, wir wollen heute fidel sind, wir wollen eine Bowle Punsch zusammen drinken!"

„Das können wier!" sag ich, und so ruft er den Markör; wir setzen uns, un so wie die Bowle Punsch kommt, so sagt er:

„Herr Buffey wird Se Ihnen bezahlen, das is der Bürger Herr Buffey, der kann das!"

„Ja!" sag' ich, „das kann ich!" denn ich konnte mir doch nichts verjeben, man hatte meinen Namen jehört, un man kennt mir in de Stadt. Also ich sage:
„wat kost't die Bowle?" sag' ich un greife in die Tasche.

„Fünf Dhaler!" sagt der Markör.

„Hier sind se!" sag' ich un so schmeiß ich ihm das Jeld hin, des heißt einen Tresorschein, nennt man das. Wir drinken; wir werden sehr munter, der junge Mensch macht Witze, wir lachen über ihn, wir finden ihm putzig, er sagt een Mal über's Andere:

„Herr Buffey!" sagt er, „des läßt sich jar nich bezahlen, deß ich Ihnen heute hier jefunden habe; Sie sind ein Mann, mit dem sich umjehen läßt!"

Jenuch, wir sind ochsig vergnügt, un wie wir so mitten drin sind, so ruft mir der junge Mensch wieder bei Seite un sagt zu mir: „Hören Se mal, Herr Buffey," sagt er, „wir müssen uns auch noch berechnen!"

„J," sag' ich, „das hat jute Wege!"

„Ne, ne!" sagt er, „so was muß man nich ufschieben; es is mir lieb, daß wir uns heute ausjleichen können. Ich bin Ihnen Fünf Dhaler schuldig; Sie haben Fünf Dhaler vor de Bowle Punsch bezahlt; Fünfe und Fünfe hebt sich; folglich sind wir quitt!" Sehen Se, auf diese Weise bin ich mit den jungen Menschen auseinander gekommen."

Brief des Rentiers Buffeyan Flitter über Goethe's „Torquato Tasso".

Vereerter Freund Wohlgeboren!

Sie entschuldjen, Herr Flitter, deß ich an Ihnen schreibe, des heeßt, einen Brief, nennt man des! Sie fragen natürlich Wie so?, weil wir in eine Stadt wohnen, in Berlin, aber ich sehe Ihnen villeicht in de erste Zeit nich, un mir is es mit Tarkwato Tasson in meinen. Kopp noch nich janz richtig, un da Hulda mit ihre verheirathe Freundinn nach Hamburg jereist is, so wende ich mir an Ihnen, ob mein Urtheil richtig is, un wie so deß die Leute so sehr nach des Stück sind, wat mir bis uf die Seidenraupen-Jeschichte jar nich ansteht, nich juttirt, nennt man des!

Jethe hat mir nämlich nie jefallen können, weil er Allens so vonne kalte Seite anfaßt, so mit Jlacee-Handschen, nich aus't Herz raus. Er besitzt Vernunft, des is wahr, aber er is mir zu vornehm und zu stille, er hat keenen Schwunk, Fantarsie heeßt des. Un denn fehlt et ihm ooch an Riehrung un an Wahrheit, denn wenn er mal Mensch sind will, denn hängt er sich jedes Mal noch drei Mäntel um, damit er sich nich erkältet. Ich habe nämlich darüber jelesen und habe mir immer jedacht: ein Dichter muß en janz Anderer Mensch sind, als so wie jeder andre Mensch is, denn sonst is er keen Dichter, natürlich, sondern macht am

Ende blos des in so'ne duse, jlatte Verse, was jeder Hans Narre bei Dieses oder Jenes fühlt. Dichter, hab ich mir immer jedacht, des is so: man hat en jroßes Herz und en jroßen Jeist, so deß man sich über die Natur fortschwingen und wieder Jott vor sich alleene sind kann? Wie? Oder wie soll ick mir ausdrücken? Man hat die janze Welt in de Tasche und fliegt damit nach de Sonne ruf. Na nu, wat jeschieht mir? Nuh jeh' ick den Mittwoch nach Tarkwato Tasson, dem ich noch nich persönlich jekannt habe, uf'n zweeten Rang mit Willemmen, un wollte mir so recht delektiren. Denn Sie wissen, Herr Flitter, ich schmeichle mir mit meine Meinung, mit Urtheil, nennt man des, über Kunst. So seh' ich des Stück!

Tarkwato kommt vor un dhut nischt; die Andern kommen ooch vor, un dhuen ooch nischt, un wie Jott den Schaden besieht: is des Stück mit een Mal aus! - - Ne, hören Se mal, Herr Flitter, des nehmen Sie mir nich übel; ich habe schon viele Stücker jesehen, aber so was is mir noch nich vorjekommen; vor zwölf jute Jroschen Courant so 'ne elende Hofjeschichte, wo weiter nischt vorjeht, als was in den Bürjerstand alle Tage vorkommt, um in Fünf Minuten wieder verjessen is. Ick sage Ihnen, ick denke, der Willem verschlingt des janze Stück, so hat der Junge des Maul vor Jähnen ufgerissen! Natürlich, ich habe ihm Eine jestochen, denn des is keene Bildung, bei Jöthen zu hojappen, aber des heeßt, ich hätte mir eijentlich ooch Eine stechen müssen, denn ich habe noch mehr jehojappt als Willem, un ick bin doch en vernünftijer Mensch, Bürjer un Rentier. Nu erklären Sie mir des, wo da die Poesie sitzt??

Un denn, des nehmen Sie mir ooch nich übel: is denn des en Dichter, der zu einen Andern sagt: „den Herrn, der mir ernährt, den dien' ick," wie der Tarkwato von Jöthen? Wenn ein Hund so denkt, denn laß ich mir des jefallen, davor is er Hund, un läßt sich mit Füßen treten; aber wenn ein Dichter so denkt, denn is er keener! Ein Dichter muß blos vor Jott und vor der Kunst Respekt haben, der Purpur un de Krone muß ihm akkurat so viel jelten wie ein Bettlerjewand un 'ne Schlafmütze! Un denn nu jar der Schluß, wo das Trajische drinn liejen soll! Als ob des so'n jroßes Verbrechen wäre, daß der berühmteste Dichter so'ne Dischtrikt-Prinzessin von Italien een eenzijes Mal umarmt, un noch dazu, wenn man überzeugt is, deß ihr des unjeheuer wohl dhut! Ne, uf solche Frauenzimmer-Witze eine janze Trajedie bauen, un darin en Unjlück sehen, daß so'ne dämlige Prinzessin, die immer so weenerlich jämmerlich dünne un vornehm spricht, un mir lange nich so lieb is, wie meine frische, lebendije un jeistvolle Hulda, deß die von einen Dichter, den Se nich werth is, die Schuhriemen aufzulösen, umarmt wird: uf so'ne Dummheiten laaße ich mir nich in. Scheckspier hätte das nich jedhan, dazu war er zu jesund. Wenn ick Jöthe jewesen wäre, ick würde mir schämen, so kleenlich un erbärmlich zu denken, un so'n pimpliches Zeug zu schreiben, nennt man des!

Nu, bitte, Herr Flitter, sagen Sie mir Ihr Urtheil darüber, damit ich sehe, wie das mit meins übereinstimmt, schriftlich, pro Stadtpost, nich frankirt. Ich bezahle den Jroschen, ich kann des!

Der Eisbär Sülzenthal

Herr Sülzenthal, Bürger und Kleidermacher, sitzt mit mehreren Bekannten in der Tabagie und erzählt Ihnen die nachfolgende tragische Begebenheit.

Ne nu denkt Euch, Kinder, wie et mir jestern Vormittag jejangen is, un denn sagt mir, ob so was schon eenen Menschen in der Welt passirt is. Ick sage Euch, mir kommen bei eenz'jer Haar noch de Thränen vor Wuth in's Ooje, wenn ick an diese verfluchte Jeschichte denke, die mir jestern passirt is. Ihr kennt doch alle meinen Freund, den Kupperschmidt Seefenberjer, der immer sonne verdammten Raupen in'n Kopp hat, deß man nie weeß, wie man mit ihm dran is, un ob er eenen nich zum Besten hat? Den sein Jeburtsdag war also jestern, un vorjestern war er uf de Redoute in't Collosseum gewesen, so komm' ick jestern zu ihn hin, um ihn zu jratuliren. Ick jratulire ihn also, un et sind noch Mehrere da, wir drinken en Jläsken, un Seefenberjer zeigt uns den Eisbären-Anzug, in den er uf de Redoute gewesen is. Des is Allens jut bis dahin. Nu komm' ick aber uf die unjlückselje Idee, mal zu sehen, wie mir der Anzug paßt, und wie ick als Eisbär aussehe. Ick denke also an Jott nischt Böses, un zieh' mir den weißen Pelz an, freu' mir noch über die jroßen Poten und die Tatzen, die ick habe, un mach' mir vorne det Bärenfell ordentlich zu. Nu hör' ick freilich, det der infame Kerrel der Seefenberjer die Andern immer wat in die Ohren tuschelt, aber wie kann man an solche Niederträchtigkeiten denken, wat die mit mir vorhatten? Also ick setze mir endlich noch den Bärenkopp mit die jroße, vorstehende Schnautze uf, un trete vor den Spiejel, un freu' mir so recht innig und lache über mir als Eisbären. Wat jeschieht?

Denkt Euch die Niederträchtigkeit! Mit een Mal jreift mir Eener von hinten an die beeden Tatzen, hält mir meine Hände uf'n Rücken fest, dreht mir um, Eener macht die Dhüren uf, un die Andern stoßen mir hastenichjesehen raus, immer weiter, un die janze Treppe runter. Natürlich ick schrie, so viel mir det in den Bärenkopp möglich war, un wollte nich von de Stelle; aber wat wollte ick schwacher Mensch als wildes Thier jejen so viele Kerrels machen? Jenug, sie stoßen mir immer weiter, lachen sich de Hucke voll, machen de Hausdhüre uf, un bejehen die Niederträchtigkeit, mir als Eisbär Vormitag um halb Zwölfe uf de Straße rauszustoßen, un de Dhüre hinter mir zuzuriejeln!

- Nu könnt Ihr Euch meine Verlejenheit, meine Angst denken! Ick denke, ick soll in die Erde sinken, so in Berlin, wo jar keen Klima vor so'n Biest is, als Eisbär uf de Straße zu stehen. Ick rammle vor Verzweiflung an de Dhüre un bitte um Jottesjesuwillen, sie sollen mir wieder rinlassen, aber Kuchen! die verfluchten Kerrels waren jar nich mehr da, sondern sahen wahrscheinlich aus irgend een Fenster den janzen Skandal mit an.

Denn et waren noch keene Fünf Minuten verfangen, so war ick mitten uf de Straße jeschubst, un mindesten ztwee Hundert Straßenjungen un Anderes Volk um mir rum, die mir uf die niederträchtigste Weise verhöhnten.

Zuerst uf de Seite jing et noch, denn da hielten Se mir noch vor einen wirklichen Eisbären, un ick hörte weiter nischt als: „Herrjees, seht mal den Waschbären an! „un wie mag man det wilde Luder hier uf de Straße herkommen, der muß von Van Aken entsprungen sind; man sollte eine Flinte holen, un des Biest dodtschießen, damit et keenen Schaden anrich't't!" Na wie ick det hörte, da könnt Ihr Euch mir denken! Ick, der ick überhaupt die Naturjeschichte nich so jenau kenne, un keenen Bejrlff davon habe, wie sich so'n Biest, wie ick war, benehmen muß; wie ick det höre, det sie mir dodtschießen wollen: mir looft der Schweiß über die Stirne und ick schreie mit een Mal: „Um Jotteswillen nich! Ick bin keen wirklicher Waschbär; ick bin der Schneidermeister Sülzenthal aus de Kanonierstraße!" - So wie ick det jesagt habe, so könnt Ihr Euch des niederträchtige Straßenvolk von Berlin denken! Wutsch! kriegt' ick Stöße in meinen Pelz, det ick immer jleich sonn Ende weit als Eisbär wegflog, bis ick, wie jesagt, mitten uf'n Damm von en Paar Hundert Menschen umringt war, die immer vor Lachen über mir unjlückliche Creatur platzen wollten. Ick wer' den Moment in meinen janzen Leben nich verjessen. Wat sollt' ick nanu dhun? Ick wär' natürlicherweise ausjekratzt, aber mit den dicken Pelz un die schwerfälligen Eisbärpoten jing et ja nich, un die verfluchten Straßenjungens hätten mir ooch hinten an den Stummel festjehalten, der mir unten an'n Rücken rumbammelte. Un nu denkt Euch, wie et mir noch jeht! Ne ick sage, so unglücklich is es vielleicht noch keenen Menschen uf Jottes Erdboden jejangen! Nu kommt wirklich 'ne Droschke vorbei, un ick danke Jott vor die Rettung, un sage zu den Kutscher: „Hör'n Se mal, lieber Mann, fahren Se mir mal nach de Kanonierstraße Nummer 87."

So sagte dieser niederträchtige Kerrel: „J Jott bewahre, uf wilde Thiere laß' ick mir nich in!"

„J Herr Jeeses," sag' ich, „wo bin ick denn en wildes Thier? Ick bin ja en Berliner Bürjer; ick bin ja der Schneidermeister Sülzenthal aus de Kanonierstraße; ick kann Ihnen bei Jott zuschwören, deß ich keen Waschbär bin!"

„Ach wat!" sagt der schändliche Kerrel, „det könnte Jeder sagen," un fährt richtig weiter, ohne mir insteigen zu lassen.

Wat nu dhun? In so 'ne Lage is jewiß noch keen Mensch jewesen. Ich jehe in einen Material-Laden, um mir vielleicht da zu retten, aber die Leute dadrinn kriejen erschtens en Schreck über mir als Unjeheuer, un wie ick mein Compelment mache, so viel es mir mit de Tatzen möglich war, un durch meine Schnautze brumme:

„Dhun Se mir den Jefallen, un beherberjen Sie mir en bisken, damit ick mir jefälligst den Waschbären ausziehen kann," so springen die Diener und die Burschen über'n Ladendisch, weil Se denken, ick will Se foppen, un schmeißen mir zur Dhüre raus, indem der Rakker von Lehrbursche sagt:

„Hier is keene Menarjerie nich; suchen Se sich en andern Behälter!"

Nu hätt' Ihr den Skandal hören sollen uf de Straße, wie ick da als Eisbär wieder rausjeflogen komme! Ne wat die verdammten Straßenjungens noch obendrinn vor Witze machten! Der Eene sagte: „Hören Se mal, waschen Se sich doch mal;

ick habe det noch nich jesehen." Ein Anderer sagte:

„Jetzt is et halb Zwölwe; ick warte bis Nachmittag um Fünwe, denn wird det Biest jefüttert."

„J," meent Eener, „da brauchen wir jar nich zu warten, det können wir jleich haben. Ich wer' vor'n Gechser 'ne Knackwurscht holen."

Det war aber noch Allens nischt jejen die eene Carnalje von Bengel, der mir unter die Aerme jreift, un mit mir nolenswolens uf de Straße an zu danzen fängt, halb Jalopp, halb Walzer, wobei ick mit meine dicke Poten beinah lang hinjeschlagen wäre.

Endlich kann ick't nu aber nich mehr aushalten. Ick denke, een paar vernünftje Leute werden doch unter die Masse sind, knöppe mir heimlich meinen Kopp uf, un komme uf die unjlückselje Idee, mir als Mensch an die Leute zu wenden! Un so jreif' ick mit een Mal mit den rechten Arm ruf, nehme mir meinen Kopp ab, klemme ihn untern Arm fest un sage janz artig: „Entschuldjen Se, überzeujen Se sich jütigst, un bringen Sie mir unter Dach un Fach, damit ick mir janz aus den Bären entwickeln kann."

Na, Kinder, ick sage Euch: so wat von Jelächter hab' ick noch in meinen janzen Leben nich jehört! Muß ick mir nu als Waschbär mit meinen natürlichen Kopp aus den Pelz raus, un mit die Schnautze untern Arm so putzig gemacht haben, oder worum sonst, jenug, det war ein Jebrülle, deß ick denke, ick soll in de Erde sinken. Un so, wie ick nu noch so janz perplex dastehe, so kommt ein Gensd'arme, un faßt mir untern Arm un sagt:

„Kommer Se mal mit nach de Wache; ick wer' Ihnen lernen solcht Ufläufe machen!"

Also nanu riß mir denn ooch endlich die Jeduld!

„Herr Jensd'arme," sag' ick, „twie können Sie mir nachsagen, ick mache Ufläufe! Ich bin ein friedfertiger Bürjer, un deß ich mir hier als wildes Thier ufhalte, daran sind meine juten Freunde schuld, die mir als Eisbär vor de Dhüre rausjeschmissen haben!"

„Nischt, nischt!" schreit ein verfluchter Junge, „er redt't Ihnen wat vor! Er is seiner Jeburt nach en wirklicher Eisbär; er verstellt sich blos. Aber det schad't nischt, Herr Jensd'arme; fassen Sie ihn dreiste an: er beißt nich, des Biest is zahm."

„Halt's Maul, Kreete!" schrei ick, denn nu wurd' ick wirklich wild.

„Herr Jensd'arm," fahr' ick zu ihm fort, „Sie werden die Ueberzeijung von mir haben, det bei mir nich von Waschbär die Rede sein kann, sondern deß ich im Jejentheil der Schneidermeister Sülzenthal aus de Kanonierstraße bin, was bei des Clima hier viel natürlicher is."

Un kaum hab' ich des jesagt, so kommt Seefenberger mit de Andern, un verwenden sich bei den Jensd'arme wejen mir, un ick werde jerett't, indem sie mir wieder in's Haus rinziehen, un hinter uns zumachten.

Aber det sag' ick Euch, Kinder, ick wer diesen Vorfall nich verjessen, un wenn ick hundert Jahre alt werde."

Die Hökerin

(Szene auf dem Spittelmarkte.)

Hökerin (sitzt unter verschiedenen Fruchtkörben und liest den „Beobachter an der Spree")

Lehrling (ihr zurufend).
Ju'n Moorjen, Frau Jeheimeräthin:

Hökerin.
Schafskopp!

Lehrling.
Hören Se mal, haben Sie keene Anderen Früchte als die schlechten Dinger, die hier liegen?

Hökerin.
D ja: Ohr-Feigen!

Lehrling.
Ne ick danke, da bin ick selbst Engros-Händler, wenn Sie mal wat brauchen. Ich hätte eijentlich jerne en paar Cocusnüsse zum Frühstück jejessen, wenn Sie die hätten.

Hökerin.
Dummer Junge, schaff' Dir nich noch mehr Nüsse an! Bei Dir hat det jleich Folgen! Jetzt machste, det De fortkommst, sonst schmeiß' ick Dir 'ne

Viertelmetze an'n Kopp, det Dir det Wachsen verjeht!

Immer ran, Herr Leutnant! Scheene Borschdorfer! Zwee Jroschen de Viertelmetze!

(Als sie sieht, daß er keine Miene zum Kaufen macht:)

Un eenen zu vor den Feldwebel!

Lieutenant (geht stolz vorüber und rümpft die Nase).

Höbkerin (böhnisch lachend zu ihrer Nachbarin).

Is en schöner Mensche, so'n Leitnant. Wirklich en Prachtexemplar! So schön hat'n sich der liebe Jott nich jedacht, wie er ihn machte. Schade, det ihm die Jroschens fehlen. En Dejen hat er, so lang wie'n Kuhschwanz, aber er hätt noch keene Flieje mit beleidigt. Ne kiek mal Eener den schmucken Jüngling an, wie er de Beene auswärts setzt, als ob ihm 'ne Kanone zwischen durch fahren soll; un wie er den Kopp in'n Nacken rin drägt, als ob hinten seine Haare mehr wiegen wie der Verstand vorne! Un jeschnürt is er: Jott bewahre mir! Die janze Fijur könnt' ick zum Zahnstecher jebrauchen, wenn mir nich der Helm zwischen de Zähne sitzen bliebe!l So! So!

Zeig' Er sich noch en Bisken! Laß' Er doch den Neffschandeller vor ihm präsentiren, un leg' Er sich doch den Finger an de Mütze, als wenn er sich den Stoob abwischen wollte! Is en schöner

Jüngling, so'n Leitnant! Zwee Jroschen die Virtelmetze, Madamken!

Eine Dame.
Haben Sie auch Apfelsinen?

Hökerin.
O ja, schönste Madam! Hier sind de Apfelsinen, Madamken, janz saftig; nich 'ne Eenz'ge mit 'ne harte Schaale drunter! Fassen Se mal an, Madamken!

Die Dame.
Was sollen diese drei Stück kosten?

Hökerin.
Die drei? Zehn Silberjroschen.

Die Dame.
Du lieber Himmel, was fordern Sie auch! (Bietend:) Vier Silberjroschen?

Hökerin
(gibt keine Antwort).

Die Dame.
Nun wollen Sie?

Hökerin.
Sehn Se mal da oben ruf, Schönste!

Sehn Se mal da oben uf't Dach ruf!

Die Dame.
Na, was soll denn das?

Hökerin.
Sehn Se mal ruf, sag ick Ihnen.
Sehn Se mal da oben! Sehn Se woll da det kleene Jewächs? Det is en Appelsinenboom, Schönste! Nu warten Se man noch so lange, un lassen Se den Boom wachsen, Schönste, un wenn er jroß is, un de Apppelsinen reif, denn soll'n Se drei Stück vor vier Silberjroschen haben!

Die Dame (vgeht betroffen fort).

Hökerin.
Da jeht Se hin mit ihren Pipihut un so viel Blumen an'n Kopp, als ob sie'n Mistbeet wäre! Jott verzeih mer de Sünde, wat hätt die vornehme Dame vor'n jroßen Zobelpelz um. Sieht Se nich jrade aus wie ne Motte, die drinn 'rum kriecht? Ach, un wat hät Se vor kleene Füße! Mir wundert, det Die der de- un wehmüthige Majistrat noch nich als Chausseetreter anjestellt hat! Der arme Schuster dhud mir leed, der die ihre Pantoffels machen muß; ick jloobe, der arme Mann muß sich en Jerüste bauen, damit er oben nach de Einfassung rufreechen kann.

Na junger Herr, keene Nüsse heute? Kommer Se her, bester Herre, Nüsse wie Mandeln! Wieviel woll'n Se'n?

Der junge Mann.
Sind auch keine taube drunter?

Hökerin.
Ja hörn Se mal, junger Herr, ick wär mit Vergnügen in jede ringekrochen un hätte mal nachjesehen, aber ick derf de Schaalen nich ufmachen.
Wieviel woll'n Se'n?

Der junge Mann.
Geben Sie mir 'ne Viertelmetze.
Hökerin (mißt, nimmt das Geld in Empfang und schüttet die Früchte in die Rocktasche des Käufers).
Leben Se wohl, junger Herr!
(Ihr Gemahl läßt sich sehen.)
Na da biste ja? Kommste endlich? Wo hast'n Dir wieder rumjedrieben?

Der Gemahl (ein wenig trunken).
Als icke?

Hökerin.
Schonst wieder bei Moewessen jewesen un jesoffen, he?

Der Gemahl.
Det hatt einige Vermuthungen für sich.

Hökerin.
Du verdammter Saufaus! Du wirscht noch mal Deine janze Familie versaufen! Hab' ick Em nich gesagt, er soll mal nach de Jertraudtenbrücke jehen und hören, wat de Borschdorfer kosten? Wie? Daweile jeht er janz ruhig zu Moewessen!

Der Gemahl.
Ick bin mir ein Bisken um gejangen, det is wahr. Ick wer alleweile nach de Borschdorfer jehen.

Hökerin.
Komm' mal her, Du ordinärer Lüderjahn, ick wer' Dir mal 'ne Bremse stechen.

Der Gemahl (schwankt näher).
Du wirscht doch nich?

Hökerin. Ob ick werde!
(Sie reicht ihm eine ausdrucksvolle Ohrfeige.)
So, det haste verdient!

Der Gemahl (im Fortgehen für sich murmelnd).
Immer un ewig Keile! Det wird ooch wenig helfen. Det schlägt bei mir nich mehr an. An de Jertraudtenbrücke, da is en Keller, wo

Brodemacher immer sitzt un frühstückt. Da wer' ick doch jehörig rinfallen in den Keller; der Kerrel is mir noch vor'n Jroschen schuldig. Ich habe 'ne Wette von den Kerrel jewonnen, det unser Telejraf in de Dorotheenstraße noch benutzt wird.

Hökerin (zu ihrer Kollegin).
Jott, Käbleern, seh mal da die Dänzerin aus Chor mit de auswärtijen Beene hinhupsen. Det is die, die früher mit mir in een Haus zusammen wohnte. Na hör' mal, Käbleern, da hab ick Sachen erlebt, na! Det is 'ne jute Fliege so 'ne Dänzerin! Commersch war in des Haus von früh bis in de sinkende Nacht. Kaum hatte Se sich des Morjens ufklawirt wie 'ne Prinzessin von drei Länder un zwee Hemden, denn jing det Klingelziehen los. Der Erschte war nu immer so'n langer verunjlückter Freiherr mit schneeweiße Haare und klapprije Knochen. Jott! det Männiken hätte man uf 'ne Putellje Weißbier proppen können, der bloße Schaum hätte 'n in de Höhe fliejen lassen. Und dabei spielte er noch immer den Jüngling, det eenen brüheeß uf'n janzen Leibe wurde. Der Zweete war en steenreicher Bankier von wejen Abraham, der zu Hause Frau un Kinder hatte, aber sonne jroße Portion von hebräische Liebe besaß, det'm die Tänzerin uf de Nase rumdanzen konnte. Na un det da manchet blanke Stück hat herhalten müssen, det kannste Dir woll denken. Det jink Jeschenke über Jeschenke,

hastenichjesehn. Ick sage Dir, wenn det en armer Mann gewesen wäre, die junge Chorpflanze hätte ihn reene ausjezogen. Aber so war et janz recht. Wovor hätten denn die reichen Propheten, wollt' ick sagen, die reichen Bankiers Moses un die Propheten? Erscht müssen Se ihr Jold rausrücken, ehr Se nach't jelobte Land kommen. Junge Frau, schäne Beerblansch! Drei Silberjroschen de Viertelmetze! Soll ick messen, junge Frau?

Die Frau (sieht die Birnen).
Sechs Dreier?

Hökerin.
Wie, ick habe woll nich recht verstanden?
Sechs Dreier, wie? Oder war'nt man Fünfe?

Die Frau.
Na mehr sind doch die Birnen nich werth!

Hökerin. Nich? J, is nich möglich! Ne wat Sie vor'n Ueberblick haben, det Sie so jenau wissen, wat de Sechsdreier-Birnen kosten! J junge Frau, - sind Sie nich de olle (alte) Müllern? Wo wohnen Se'n in de Woche; ick möchte Ihnen mal det Sonntags besuchen? Und wenn Sie mal in meine Jegend wieder kommen, denn haben Se doch de Jüte un jehen Se vorbei. Oder besuchen Se mir morgen früh um Punkte Elwe, denn bin ick nich zu Hause. Aber kommen Se ja nich früher, sonst riskiren Se, det ich noch zu Hause bin, un Ihnen rausschmeiße. Soll ick Ihnen de Birnen vor Sechs Dreier vielleicht noch in 'n Stempelbogen inwickeln un nach Hause schicken? Wie? Jeh' Se jo, jeh' Se!

Ein junger Mann (seht vorüber und lacht).
Das ist recht; schimpf' Sie tüchtig!

Hökerin.
J is Er ooch da? Is Er ooch da, Herr von Affenschwanz! Wo hat Em denn der Deibel widder herjeführt, er schwindsüchtiger Ellenreiter mit de steifen Jaromire an de hohlen Kalbsbacken? Wat meent Er, Er jrünschnäblijer Tietkendreher mit de jewichste Neune an't Ohr, ick soll schimpfen? Loof Er doch ja, Er milcherner Heringsfabrikante, un halt' Er sich im Rennen de ausgespreizte Hand vor't Jesichte, damit de Leute jlooben, Er kann bis Fünfe zählen, Er Schafskopp; Stehl' Er doch seinen Herrn en Centner Zuckerkante un stopp' Er sich des in's Maul, damit Er nich Andere Leute annejirt! Stech' Er doch seinen dämlichen Kopp in de erste, beste Feuertiene, damit Er nich blos hinter de Ohren naß is! Halt' Er sich doch die Oogen zu, damit Er nich vor sich selber erschreckt, wenn Er mal en Spiegel zu nahe kommen sollte, Er Wanschenvertiljungsmittel, Er! Dhu er mir den Gefallen un ...

Ein Schneidergeselle (stößt sie etwas unzart beiseite).
Na, brüll' Se doch nich so, und mach' Se mir bisken Platz!

Hökerin (die einmal im Zuge ist).
J Er durch und durch verfädelter Schneiderjeselle, wat kost' en det halbe Pfund Kalbfleesch von Em, wat er am Leibe hat? Wie? Wat hät Er da jeredt, Theekessel? Ick soll Em en bisken Platz machen? J dhu' Er sich doch nich dicke, Er Ziegenbock-Pferderenner! Son'n Kerrel, wie Er is, den laaß ick janz durch! Bei Den nehm' ick mir noch in Acht un jeh' em von de Seite, damit nich en Stücksken von ihm sitzen bleibt! Seh' mal Eener den Flederwisch an, der will Leute stoßen? Schneidergeselle, Du jammerst mir! Loof ja, det De wechkommst, sonst pack' ick Em zwischen zwee Milchbrodte und eß Em zum zweeten Frühstück uf!

Erster Herr (in der Nähe der Hökerin).
Ich sage Ihnen, lieber Doktor, Sie müssen sich den Spaß machen. Aecht Shakespeare'schen Witz haben die Frauen, und eine wunderbare Phantasie, die Himmel und Erde zu einem Schimpf verbindet. Hegel erwähnt dieser Frauen in seinen Werken: er beweist, daß sie abstrakt denken.

Zweiter Herr.
Aber das Aufsehen, wenn sie mich mit ihren Verbalinjurien verfolgt!

Erster Herr.
Ei was! Seien Sie nicht so norddeutsch, sich bei jedem Quark zu geniren und jedes Wort auf die Goldwage zu legen. Wenn man gescheidt und gebildet wie Sie ist, kann man Jedem frei in's Auge sehen, denn es giebt nicht viel solcher Menschen, und nur die Dummen mäkeln und nennen nicht nur die Gewohnheit, sondern das Gewöhnlichste ihre Amme. Die Leute, deren Gott der Anstand ist, sind die Gemeinsten auf der Erde. Das Unglück, der prüde Anstand, ist, glaub' ich, erst durch das Theetrinken in die Welt gekommen. Und seit dieser Zeit sind auch die Genie's immer seltener, und die Eß-Thee-Tische immer häufiger geworden.

Zweiter Herr.
Mein Gott, Sie halten mir ja gleich eine ganze Vorlesung. Ich bin auch grade Keiner, der auswendig allen Leuten recht sein will und inwendig ein Esel. Ich möchte nicht mit Servinus die Zoten verherrlichen, wo sie nicht naiv entstehen, aber ein einziger Kernwitz der Mutter Natur oder Mutterwitz ist mir lieber als das ganze langweilige literarische Vornehmthun unserer

heutigen poesie, witz- und geistlosen Schriftsteller. Shakespeare sieht wie ein plebejisches Ungeheuer neben dem feinen Herrn von Varnhagen aus.

Erster Herr (Drückt ihm die Hand).
Sie sind mein Mann. Nun kommen Sie zur Hökerin; vielleicht glückt es uns, ihre Galle witzig zu machen.
(Sie treten näher.)
Guten Morgen, liebe Frau!

Hökerin.
Ju'n Moorjen.

Erster Herr.
Haben Sie Eier?

Hökerin.
Eier?

Erster Herr.
Ja Eier! Die länglich runden Dinger, welche zum Beispiel die Hühner behufs Vermehrung ihrer Familie legen.

Hökerin (mit gewitterschwerer Miene).
 Na ja, jlooben Sie etwa, ick weeß nich, wat Eier sind? Ick fragte man blos, weil ick als Obsthändlerin dachte, ick hätte mir verhört, wie

Eener bei mir nach Eier fragt. Ick halte mir keene Eier, weil hier manchmal Menschen herkommen, die Witze machen wollen, un da werden Se faul.

Zweiter Herr (kann sich des Lachens nicht enthalten)
Haha! Sehr gut, sehr gut!

Erster Herr (zu ihm).
J wie können Sie denn darüber lachen, wenn die Hökerin hier malitiös wird!

Hökerin.
Hökerin?
(Steht auf und stemmt den Arm in die Seite.)
Hören Se mal, Sie Bulldock, nu blaffen Se den Oogenblick vor 'ne Andere Dhüre, oder ick trete Ihnen uf'n Fuß, det Se ihn acht Dage lang wie 'ne Haarnadel dragen sollen und schreien!

Erster Herr.
Nein, das ist doch merkwürdig, was diese Hökerin schimpfen kann!

Hökerin (sehr zornig).
Schimpfen? J hör' Er mal, Er langbeeniger Kranich mit de Brille uf de Nase, wat red't Er denn von Schimpfen? So'n dämlichen Sünder wie Er is, den kann man ja jar nich schimpfen, der is ja schon Allens doppelt jewesn, wat man

Niederträchtijes jejen ihn aussprechen kann. Wenn Er spillrijet Jerippe zwee Pfund Fleesch uf'n Leibe hätte, denn könnte man Karmnade vor de Schlächterhunde aus Em hacken, aber die Theelen sind ville zu eitel, um an so nen Kerrel zu knabbern! So 'n Schatten von Mannsperschon will Leute zum Besten haben? J Er Jespenst! Em blase ick ja durch seine durchsichtige Knochen in die Höchte, det er verhungern soll in de Luft, un wenn er sich vor vierzehn Dage zu fressen mitnimmt! Leg' Er sich doch lieber uf 'n Kälbermarcht hin, damit Er unter Seinesjleichen is, un laaß Er sich die Sonne in 'n Hals scheinen, damit Er endlich mal wat Warmes in den Leib kriegt! Schneid' er sich doch seine drittehalb Haare von seinen hohlen Kopp runter und stech' Er Se in en Wollsack, damit Er zeitlebens zu suchen hat, wenn er seine Liebste mal 'ne Locke schenken will, un verjreif' Er sich dabei, damit Die weeß, det Er en Schaafskopp is! J kiek Er doch mal, Er ausjehungerter Federfuchser, Er will Leute chikaniren? He? Leute will Er chikaniren?

J Er abjemerjelter Menschensplinter, dhu Er mir doch den Jefallen, un reiß Er sich lieber seine Rinderzunge aus 'n Halse, damit Er sich nich mehr blamiren kann! Häng' Er sich doch lieber an 'n Jalgen, damit keen anständijer Mensch mehr en Verbrechen bejeht! Er zweebenije Distel, um sich selbst zu füttern, nehm' Er sich doch ne Laterne un leucht Er sich untern Rennsteen runter, dammit Er endlich seine Bestimmung erlangt! So 'n Kerl, der von oben bis unten wie 'n hohler Zahn aussieht, will reptirliche Leute cujeniren? Laß' Er sich doch lieber jlühendet Blei in 'n Hals jießen, un reiß' Er sich unten seine zwee Wurzeln aus, damit Er de Welt keene Schmerzen mehr verursacht! Ick weeß woll, wat ick mir unter seine Brille uf de Nase denke, un wat Er darunter is! Knautsch' Er sich doch lieber zusammen un jeh' Er zum Plundermatz, un verkoof Er sich vor'n Virtel Pfund Lumpen, damit wenigstens noch mal en Stück Papier aus Em werdt, wat man benutzen kann! Nehm' Er sich doch de Watte aus de Waden un stopp' Er Se sich in seine Eselsohren, damit Er nich seine eisene Schande hören muß! Reiß' Er sich doch seine Beene aus, nehm' Er Se in seine Tatzen, und trommle Er damit so lange uf sein Kalbfell rum, bis de Amerikaner Feuer schreien! Nehm' Er sich doch Kiessand um schaure Er sich reene, damit nischt von Em übrig bleibt! Er abjeknabberte Kälberpote, laß' Er sich doch zu Leim kochen un en Stiebelknecht mit sich zusammenkleben, damit Er doch zu Etwas nutze is! Häng' Er sich doch an 'n Mond, damit de Lüderjahns früh zu Hause jehen! J Er abjejriffene Polizei-Klinke, nehm' Er sich jar in Acht, det Er de Currendejungens nich zu nahkommt, sonst singen die: Jott bewahre mir in Jnaden!

Das Erdbeben

Gespräch zwischen zwei Holzhauern.

Petzke.
Ne wirklich: rurrr!?

Paffenthal.
Wie ick Dir sage: rurrr! jing et. Ick steh' Dir janz ruhig uf'n Boden in en Haus von de Marienstraße. Da steh' ick hinter meinen Bock un saage. Mit een Mal jeht et, wie jesagt, rurrr! un ick fahre Dir jrade so in de Höchte, als ob man son' Schreck kriegt.

Petzke.
Na nu, da kriegteste nu ooch woll en Schreck?

Paffenthal.
Natürlich. Nu kriegt ich erst en Schreck, nachdem ich vorher schon in die Höchte jefahren war. Also ick seh' mir um; ick seh' uf de Erde: ick weeß nich, worau ick bin, un woran ick kommen könnte. Na, denk' ich, det schad't nischt, der Boden wird en Schluckuff jekriegt haben, Du wirst ruhig weiter saagen. Ick nehme also meine Sage, reibe Se noch so en bisken mit Speckschwaate in, stoß Se in't Brett rin,

Petzke.
Wat Du vorn Kopp hattest?

Paffenthal.

Ja, da stoß ick rin, un kaum hab' ick Se een Mal zurückjezogen, und will ihr eben wieder en Druck nach vorne jeben, so jeht et mit een Mal wieder rurrr, ick fliege wieder in die Höchte, un breche mir'n Zahn aus.

Petzke.

En Zahn? Du Dir? Janz alleene? Na hör' mal, det bejreif ick ooch nich, wie det zujejangen is!

Paffenthal.

Schaafskopp, nich aus den Mund!

Aus de Sage hab ick mir en Zahn ausjebrochen.

Petzke.

Ach so! Ja, des is eine and're Jegend.

Da kann Linderer nischt lindern.

Paffenthal.

Na also nu steh' ick Dir janz perklecks da, un denke natürlich darüber nach, wo der Stoß herjekommen is, damit ick mir die Sage bezahlen lassen kann. Un so nehm' ick meine Sage in de Hand, un jeh de Bodentreppe runter nach't zweete Stock. Ick kloppe an bei den Jelehrten, der da wohnt.

Der kommt raus, sieht mir jroß an un sagt: „Na nu?"

„Na nu!" sag ick.

So sagt er: „Wat is los?"

So sag ick: „Det sollen Sie mir sagen. Haben Gie vielleicht jejen de Decke jebumst?"

„In wo fern?" frägt mir der mit der Brille un schiebt Se über seine Runzeln.

„Na," sag' ick, „man hier keene lange Fieselmatenten! Wenn Sie der Bummßer jewesen sind, so werd de Sage bezahlt, oder et setzt wat! Seh'n Se sich mal hier den Zahn an, der hier fehlt."

So sagt der Jelehrter zu mir: „Sei Er nich jrob; der Stoß kam von unten; ick wollte jrade ne Tasse Kaffee drinken, un kam janz dief mit de Nase rin."

So sag' ick: „Det schad't nischt:; det is mir janz jleich, und wenn Se ooch mit was anders driun jekommen wären, in'n Kaffee! Det sind Ausreden; ick will meine Sage wiederhaben!" Wat hat der zu dhun?

Petzke.
Det weeß ick nich.

Paffenthal.
Er schlägt mir de Nase vor de Dhüre - ne, de Dhüre vor de Nase zu, un sagt: „Dieses machen Sie mit die Leute unter mich ab."

Petzke.

Un des dhatst Du, natürlich? Du mußtest doch am Ende Deine Sage ersetzt kriejen, un darum jingste natürlich runter zu de Belletage, und fühltest Die uf'n Zahn.

Paffenthal.
Wui! Ick jeh' also runter zu Belletagen's, kloppe an ihr an un schreie Herein! So macht mir die alte Wittwe, de Jeheime Pupillen-Räthin uf un sagt zu mir!
„Was is?"
So sag ick zu ihr: „Erkäsiren Sie, Frau Jeheime Pupille, is hier vielleicht wat vorjefallen, wat jejen de Decke?"
So sagt sie: „Nicht, jar nichts! Machen Sie, machen Sie!"

Petzke.
Nu machteste woll?

Paffenthal.
Ne, ick machte jar nischt, sondern ick nahm jar keene Notiz von ihre Eile un blieb janz pomadig, un sagte man blos:
„Frau Jeheime Pupille, es is mir uf'n Boden ein Stoß von unten arrevirt, un Sie werden mir zujestehen, daß, wenn einen so was arrevirt, deß man wenigstens wissen muß, woher so was kommt, besonders aber, wenn ein Zahn dabei futsch jeht. Seh'n Se, der Zahn fehlt mir hier in

de Sage, un des wer'n Se woll selbst wissen, wie einen das genirt, wenn einen en Zahn fehlt.

Petzke.
Die Jeheime Pupille war woll in des Verhältniß?

Paffenthal.
Ja, sie war eben so wie meine Sage, blos des ihr mehr Zähne fehlten als Eener, denn sie schmeichelte sich, noch jaar keenen zu haben.

Petzke.
Ach, herrjees, na denn müssen Se aber bald bei ihr kommen.

Paffenthal.
Ja, Zeit is bei ihr, denn sonst kann Se nich sterben.

Petzke.
Wie so denn?

Paffenthal.
Na, wie soll Se denn ins Jras beißen, wenn Se keene Zähne hat?

Petzke.
Ach, Du krigst'en blassen Dot! Ne, hör' mal Du, den Witz jib nich im Winter uf de

Kunstausstellung, den hängen Se am Ende in't falsche Licht.

Paffenthal.

Ne, sei nich ängstlich: ick schick'n nach Baiern, da werden die alten schlechten Witze alle wieder ufsjewärmt. Aber um wieder uf de Jeheime Pupillen-Räthin zu kommen.

Also sagt Se: „Mein Jott," sagt Se, „wir haben auch einen Stoß bekommen. Ich hatte jrade bei meinem Sekretair zu thun, un der schwankte noch, wie ich hierrausjing, um Sie aufzumachen."

„Kann ick den Herrn Sekretair nich sprechen?" fragte ick ihr. -

„Ne", sagte Se, „so'n Sekretair is des nich, des is einer, wo ich meine Kleider aufhebe."

„Ach so," sagt ick, „entschuld'jen Sie, Frau Jeheime Pupille. Also von Ihnen is der Stoß ooch nich ausjejangen; nu sagen Sie mir aber um Jotteswillen, was des sind muß? Denn, sehn Se, wenn nu ooch meinswejen unten Eener noch so sehr jejen de Decke bummst, so wäre mir des doch janz unerklärlich, deß ich davon oben uf'n Boden mir erheben sollte."

Un so will ick ihr des vormachen, wie hoch ick in de Höchte jefahren bin, und trete dabei die Jeheime Pupille dermaßen aus Versehen uf de Beene, deß Se jräßlich an zu schreien fangt, un ick mache, deß ich fortkomme.

Petzke.
Na un nu, unten parterre, wat sagten Se'n da?
Deine Jeschichte wird länglich.

Paffenthal.
Unten wohnt nämlich der Schuhmacher, der mir
alle meine Stiebeln versohlt, un den ick davor
umsonst haue.

Petzke.
Umsonst?

Paffenthal.
Ja: er versohlt mir, un ick mache ihm davor en
Viertel Haufen, so jejen den Herbst, wenn de
Leute jewöhnlich Holz fahren. Also der
Schuhmacher sagt zu mir:
„Hören Se mal, Herr Paffenthal," sagt er zu mir,
„des is nich richtig mit den Stoß jewesen. Ick sage
Ihnen, Herr Paffenthal, ick bin Ihnen meinen
Lehrburschen jradezu mit den Priem in'n Rücken
jefahren, un een Stiebel is janz alleene
wechjejangen, en janz Ende. Herr Paffenthal,"
sagt er,
„Sie brauchen sich jar nich nach'n Keller zu
bemühen, sondern lassen Sie sich janz ruhig den
Zahn vor Ihr Jeld wieder einsetzen. Ick weeß, wie
die Sache zusamfenhängt, es war ein Erdbeben.
Man hat jetzt diese Dinger überall."

Un so war et, nachher stand et in de Voß'sche Zeitung.

Petzke.
Na hör' mal, deß des Erdbeben aber man jrade die beeden unjlücklichen Häuser betroffen hat? Des hätte können schlimm werden.

Paffenthal.
Na ob! Seh' mal zum Exempel als Beispiel in Italjen. Da is vor circel zweehundert Jahren en Erdbeben jewesen, wo die beeden feierspeienden Berge Herkulaji und Pompesum die janze Stadt Vesub verschütt't haben.

Petzke.
Ja, ick will Dir sagen, Paffenthal, des jeht woll in Italjen, aber bei uns hält det schwer. Wenn et hier wirklich mal wieder Erde bebt, so wird des nie sehr schlimm werden, denn unsere Erde hier bei Berlin, die is nich so eeklich, die stoßt nich sehre. Natürlich, wo soll Se'tn ooch her haben? De Spree, des is en ruhiger Fluß, der hat keene Mucken. Na, un der Kreuzberg, der is ooch nich böse.

Paffenthal.
Ne, da haste Recht, des kann man ihm nich nachsagen. Der Kreuzberg ist ein janz juter Junge. Aber siehste Petzke, trotzdem det ick'n

Zahn dabei verloren habe, det muß ick Dir noch sagen, et is mir lieb, det ick doch jrade en Erdbeben in Berlin erlebt habe, denn det möcht so leichte nich wieder vorkommen.

Petzke.
Na wer weeß! Wenm't unten unter de Erde alleweile eben so unruhig zujeht, wie oben, denn kann alle Dage en Erdbeben passiren.

Die blutige Nase

Ein Handlanger ist vor Gericht gefordert, weil er einem Andern die Nase blutig geschlagen hat; als ihn der Auskultator vernehmen will, erzählt er Folgendes:

Handlanger.
Ja sehn Se, Herr Kultater, es war jrade an einen Sonntag, un't war en starker Nebel, so steh' ick in mein Logis un denke vor mir: Kielmeyer, denk' ick, wo dämelsten heute hin? Na, denk ick, Du wirscht rausdämeln vor's Oranjenburjer Dhor zu Rennebohmen. Jut. Jesagt, jedahn! Ick seh aus't Fenster raus; ick denke: ziehst de Dir dein bunte Kartun'ne an oder nich? Na, denk ick, det Wetter is halweje, et fallen keene Commisbrodte von Himmel, Du wirscht Dir deine Kartun'ne anziehen. Jut! Wie ick runter komme und bin kaum' ne Ecke jejangen, so drippelt's. Schwerebrett! denk' ick, Du kannst doch woll nich in deine Jacke jehen, Du wirscht Dir deinen blauen Rock anziehen - det heeßt nich den hellblauen, Herr Kultater, sondern den, den ick in de Reezenjasse von Abrammen jekooft habe, det heeßt eijentlich von Eva'n, denn er war nich zu Hause - un sehn Se, Herr Kultater, ick kehre richtig um, un ziehe mir meinen Rock an.

Auskultator (unwillig).
Zum Teufel, weiter! Das gehört ja nicht zur Sache.

Handlanger.

Ja woll, Herr Kultater! Ick kann doch nich ohne Rock jehen? - Also ick gehe nu mit meinen Blauen un komme richtig raus zu Rennebohmen, un falle bei ihm rinn. Ick sage zu ihm:

„Jun Dag, Rennebohm!" sag' ick.

„Jun Dag, Kielmeyer!" sagte er

„Wie jeht's Dir?" fragte ich ihm.

„Ich danke Dir!" sagt er, „un Dir?"

„O ich danke Dir!" sagte ich.

Darauf sagte Rennebohm:

„Kann ich Dir vielleicht mit einen Bittern aufwarten?"

„Nee," sagt' ich, „ich danke Dir, ich habe mich einen Anis mitjebracht." Darauf jreif ich in de Rocktasche un hole meine Carline raus, un jieße einen hinter de Binde.

„Er schmeckt Dir woll?" sagt er.

„Ja!" sage ich.

Rennebohm nimmt also ooch einen, ich nehme ooch noch einen, und Rennebohm nimmt ooch noch einen.

Det is jut! - Nu jesellte sich da ein Mensch zu uns, der nimmt ooch einige; wir unterhalten uns, wir kommen in Streit, un der Mensch schimpft mir in der Hitze des Jesprächs: „Fanschon!" Nu sehn Se, Herr Kultator - ick bin ein Mensch wie ein Kind; wenn mir Eener in's Jesichte spuckt un sagt: et rejent! so jlob ick't; wenn aber Eener

Fanschon zu mir sagt, so steigt mir die Jalle in't Jeblüte, un ick werde ärjerlich; denn sehn Se, Herr Kultater, Fanschon des is ein Hundename; denn ick habe mal bei'n Commerschenrat jearbeet't, un der hatte einen Hund, un dieser Hund, der hieß: Fanschon. Und ein Hund, Herr Kultator, das is eine Thöle - und ich kann doch unmöchlich keine Thöle nich sind! - Ick jeh also auf den Menschen, der mir Fanschon jeschumpfen hat, druf zu, un frage ihm: „Haben Sie uf mir Fanschon jesagt?"

„Wie so?" sagt er.

Also nu werd' ick unanjenehm und steche ihm Eine. Er stecht mir wieder Eine, darauf stech' ich ihm noch Eine, un darauf stecht er mir ooch noch Eine, un wie wir so in besten Stechen sind, so kommt mein Freund Rennebohm und stecht uns alle Beede Eine, un fuhrwerkt mit uns vor de Dhüre raus, so daß wir uns verheddern, un jrade in den Rennsteen turkeln.

Nu kommt der Mensch zufällig unten zu liejen un ich auf ihm druf, un wir liejen noch noch jar nich lange, so kommt ein Gend'armerie un frägt:

„Kroopzeug! was macht Ihr da?"

„Entschuld'jen Se, Herr Gend'armerie!" sagte ich, „ich bin kein Kroopzeug! Des hier unten is mein Freund, un ich habe ihm was zu sagen."

Un der Gend'armerie verzieht sich und verschwind't. Nun wird der Mensch aber da unten unruhig, un nimmt seine Fauste un alkst mir in't Jesichte.

Ick denke: warte! Ick jreife also in den Rennsteen un breche mir da so'n kleen Steeneken von en Pfundner sechszehn los, un quetsche ihm des uf de Neese. Nu muß die Neese woll einen Springs oder eine Borschte gekricht haben, oder Se hat ooch woll schonst eine jehabt, det will ick unjesagt lassen - nu soll ick davor hier unschuldije Keile kriegen?

(Pause.)

Nu will ick Ihnen mal was sagen, Herr Kultater, ich habe einen juten Freund, der Mensch is auch Handlanger von Profeschion un hat einen sehr vernünftigen Charakter. Wenn ich den sechs Jroschen Cou ....

(er erschrickt und verbessert sogleich)

sieben un en halben Silberjroschen jebe, so nimmt er die janze Keile uf sich. Nu will ich Ihnen wat im Vertrauen sagen, Herr Kultater, ick werde Ihnen die sieben un en halben Silberjroschen jeben - nich etwa, als ob Sie die Keile uf sich nehmen sollten, nee - damit sie den Menschen die Keile davor zukommen lassen können.

Auskultator.

Schon gut! schon gut! Er schreibt auf und liest darauf:) Inkulpat gesteht ein, dem usw. die Nase blutig geschlagen zu haben ...

Handlanger (schnell einfallend).

Na sehen Se woll, Herr Kultater! Des sag' ich ja: een Kulpat is es vielleicht jewesen;

(unwillig)

un nu wollen Se mir hier keilen!

Der Journaltiger

In einer großen Conditorei sieht man täglich einen kleinen Mann, der die Aufmerksamkeit aller Anwesenden in Anspruch nimmt und allgemein der Journaltiger genannt wird. Nachmittags gegen drei Uhr schlüpft er durch die Ladentür, hat einen fern schweifenden Mantel um, unter dem linken Arme einen Regenschirm, in der rechten Hand einen antiken Filzhut, weitläuftige Ueberschuhe, streckt den bebrillten Kopf lauernd über die Brust und stürzt bald nach diesem, bald nach jenem Tische. Sobald dieser Feind naht, hält jeder Gast sein Journal mit beiden Händen fest. Sonst ist es verloren.

Der Tiger kennt kein Erbarmen, was periodische Literatur betrifft. Er schnappt und schnappt, bis er zwölf bis vierzehn Zeitschriften unter dem Arme hat; dann verklärt sich sein Blick und er wandelt gemütlich lächelnd nach dem hintersten Zimmer der Conditorei.
Hier legt er die Journale ab, hält sie mit der linken Hand fest und hängt mit der rechten den Mantel, Schirm und Hut auf, immer lauschend und forschend, auf welche Journale später vielleicht zu rechnen sei.
Dann nimmt er eins von den seinigen zum Lesen heraus, legt drei der weniger interessanten vor sich auf den Tisch, und setzt sich selber auf die

übrigen. Die periodische Literatur Deutschlands liegt zwar im Argen, aber sie verdient dennoch wohl einen besseren Platz, als ihr hier geboten wird; sie erleidet hier einen unverdienten Druck, eine Hintenansetzung, die sie nicht ermuthigen kann, weiter zu streben. Denn was für Aussichten hätte sie, wollte sie sich wirklich empor arbeiten? Sie würde sich in Dinge mischen, deren Auseinandersetzung keine günstigen Folgen für sie haben dürfte! sie würde . ..

Da naht ein Unglücklicher, der die Frankfurter Ober-Postamts-Zeitung seit einer halben Stunde vergebens sucht; der Journaltiger hat es gehört, aber er schweigt.
Er weiß, wo sie steckt, wo sie den Augen der Welt verborgen ist, aber er sagt keine Sylbe.

„Er hält sie sicher, er hält sie warm!" Und dennoch wittert der Unglückliche die Frankfurter; er kommt immer näher, immer näher; er ist schon in der Gegend der Ruine, unter welcher sie begraben liegt. „Halt!" schreit der Journaltiger und streckt die Hand vor, „was suchen Sie? Suchen Sie die Frankfurter?"

Der Unglückliche antwortet: „Ja!" „Die können Sie noch nicht kriegen! Ich lese sie eben, bin aber gleich fertig. Haben Sie die Güte, mir zu sagen, wo Sie sitzen, ich bringe Sie Ihnen!"

Der Unglückliche hebt die Hand auf und deutet nach einer entfernten Gegend, in welcher er später anzutreffen sei, der Journaltiger aber ist schnell aufgesprungen, hat seine Zeitung mit der Frankfurter changirt und setzt sich wieder zurecht, seine künftigen Leseopfer wohl verwahrend.

„Wollen Sie wohl sein lassen!" schreit er mit einem Male. „Das ist mein Regenschirm. Sie irren sich!"

„Sie wünschen die Kölner, mein Herr," fährt er zu einem Anderen fort, „nicht wahr? Die hab' ich heute noch nicht bekommen können! Aber haben Sie nur die Güte und gehen Sie in das nächste Zimmer, am siebenten Tische links der dritte Herr hat sie.
Heben Sie sie aber für mich auf, ich bitte darum!"

Nachdem er nun mit Lesung der Frankfurter Ober-Postamts-Zeitung fertig geworden, nimmt er sie in die rechte Hand, packt seinen ganzen Vorrat der deutschen periodischen Literatur unter den linken Arm und geht zu dem harrenden Unglücklichen. Inzwischen dreht er sich aber sechs Mal um, und beobachtet Mantel, Regenschirm, Hut und Ueberschuhe. Dann kehrt er zurück und macht seine früheren Experimente.

Ein Gargçon hüpft vorüber. „Ach!" ruft er, „wollen Sie wohl so gut sein, mir ein Glas Wasser zu bringen?" Denn er trinkt immer Wasser, niemals hitzige Getränke Der Doktor hat es ihm streng untersagt, sein Blut in Wallung zu bringen; auch hat er ihn ersucht, keinen Kuchen, gleichviel ob Pfannen- oder Spritz-, zu genießen, weil dergleichen den Magen verkleistert und die Verdauung hemmt.

Nicht weit von ihm erhebt sich ein politisches Gespräch. Sogleich bezeichnet er mit dem Zeigefinger die Zeile, wo er stehen geblieben, streckt den Kopf tief ins Land hinein, schiebt die Brille über die Stirn, reißt die großen Ohren auf und horcht. - Wehe dem, der sich einen Irrthum zu Schulden kommen läßt! Der lauernde Tiger springt auf sein Opfer los, fletscht die Zähne und schreit: „J Gott bewahre, wo denken Sie hin! Hat nicht zuerst in der Vossischen gestanden!
Der Hamburger Correspondent hat's aus dem Temps genommen, dann ging's in die Leipziger Zeitung über, aus der Leipziger hat es die Allgemeine abgedruckt, aus der Allgemeinen zog die Staatszeitung ein Artikelchen aus, und von der hat es die Vossische!" Die Glocke zeigt auf Sieben. Der Journaltiger hat sämtliche deutsche periodische Literatur an das Tageslicht gezogen und gelesen. Nun steht er auf, hängt den

fernschweifenden Mantel um, zieht die weitläuftigen Ueberschuhe an, nimmt seinen Regenschirm unter den linken Arm, den Filzhut in die rechte Hand, steckt den Kopf weit ins Land hinein und schlüpft durch die Zimmer zum Laden hinaus.

Berliner Witze

Was nun?

Ein junges Mädchen, wie viele in Berlin von unersättlicher Lesesucht befallen, hatte die üble Gewohnheit, des Abends im Bette noch zu lesen, aber - dabei immer einzuschlafen und sich so der Gefahr des Verbrennens auszusetzen. Die Mutter, sich in den Willen der gebildeten Tochter fügend, hatte der neuen Köchin den Befehl gegeben, an jedem Abende bei der Mamsell nachzusehen und das Licht zu löschen.

Einst, um Mitternacht, als Madam im tiefsten Schlafe liegt, wird sie von der schreienden Köchin geweckt:
„Madam, Madam! - wat soll ick nu machem?"

„Mein Gott! was ist denn?"

„De Mamsell . .."

„Nun, um Gotteswillen! sie ist doch nicht zu Schaden gekommen?

„J nee, des nich, aber Se hat det Licht heite alleene ausgemacht!"

Der gute Rat.

Ein Handwerksbursche fragte in der Breiten Straße einen Droschkenkutscher, wie er wohl zunächst nach der Stadtvoigtei käme?

„Jehn Se man hier in den Laden da drüben un stehlen Se en Pack seidene Dücher!" war die Antwort.

Kleiner Streit zwischen einer Hausfrau und ihrer Köchin.

Frau.
Aber Friederike, Du hast schon wieder den Braten anbrennen lassen!

Köchin.
Nee, Madam, der is janz alleene anjebrennt!

Frau.
Was, Du willst mich noch zum Besten haben?

Köchin.
Zum Besten? J davor behüte mir der Himmel! Nee, ick spaße ja man.

Frau (außer sich).
Verdammtes Mensch, mach' mir nich böse!

Köchin (ganz gleichgültig).

Wozuden det noch. Sie scheinen mir schon etwas böse zu sind.

Frau.
Du weeßt doch, daß De zum Ersten ziehst!

Köchin (die Hände faltend).
Ach, wenn man schon der Zweete wäre!

Frau.
Halt' Sie's Maul sag' ich!

Köchin.
Wozuden? det is mir ja anjewachsen!

Frau (wūtend).
Bist Du nu ruhig, Knochen! oder ich rufe meinen Mann!

Köchin (achselzuckend).
Ja, denn jeht et mir schlecht; jejen zehne kann ick mir nich vertheidijen.

Frau (verschluckt die Galle und wird etwas milder).
Sag mal, Friederike, hat Dich denn der Satan verführt, daß Du immer das letzte Wort haben mußt?

Köchin.

Ja, ick habe't von Ihnen jelernt!

Frau (indem sie fortgeht).
Geh' zum Deibel!

Köchin (ihr höhnisch nachrufend).
Also soll ick wieder bleiben, Madam?

Vergnügen.

Ein Berliner, welcher durch das Dorf Steglitz ging, sah den Wirth eines dortigen Kruges gerade damit beschäftigt, einen Knaben ganz erschrecklich durchzuprügeln. Nachdem dies geschehen und der Kleine noch mit einem heftigen Stoße in den Hausflur geworfen worden, fragte der Herr aus der Residenz den Gastwirth, wer der junge Mann sei und woher er wäre.

„Der is aus de Stadt," erwiderte der Gefragte sehr ruhig. „Es is mein Bruder sein Sohn, un hält sich hier blos zum Verjnüjen een paar Dage uf."

Edler Zorn.

Ein Dienstmädchen, das mit den Kindern ihrer Herrschaft auf die Straße gegangen war, unterhielt sich mit einer Freundin und beobachtete die Kleinen nicht, welche mitten auf dem Damme spielten. Plötzlich bog ein Wagen in vollem Trabe um die Ecke und hätte beinahe eines der Kinder übergefahren. Alles schrie laut auf, auch die in der Nähe befindlichen Steinsetzer, das Dienstmädchen aber sprang hinzu, ergriff in voller Wuth das Kind und versetzte ihm mehrere derbe Schläge ihres Vergehens wegen.

„Wat?" rief, im höchsten Grade darüber aufgebracht, einer der Steinsetzer: „erscht überjefahren beinah jelassen, un denn noch davor jekeilt! Na, wenn ick Eltern von des Kind wäre! Hurrje!"

Die Gegend bei Leipzig.

Zwei Schneiderfrauen, die sich seit langen Jahren nicht gesehen hatten, trafen sich im Januar 1816 zufällig auf der Straße.
„J Herrjees, Frau Jevattern!" sagte die Eine, „leben Sie ooch noch? Na, wie jeht's Ihnen denn?"

„J, ick danke, et jeht mir so so! Det mein Aeltster jeblieben is, wissen Sie schon, nich wahr?"

„Ne, wat ick da höre! Is et möglich? Der Gottlieb is dot? I, i, wo is er denn jeblieben?"

„Jetzt erscht, bei Bellfaaljanks! Aber - irr' ick mir nich, so is ja Ihr Lude ooch mitjejangen? Is denn der wiederjekommen?"

„J Jott bewahre, Frau Jevatterin! Den hat eine Kugel von hinten jradezu dotjeschossen. Ach Jott, mir komnen de Thränen in de Oojen, wenn ick daran denke."

„Na, sein Se ruhig!" tröstete die Andere, „Sie müssen immer denken: Jott hat es so gewollt. Is er denn ooch bei Bellfaaljanks . . .?

„Ach ne, nich bei Bellfajanz, ne! bei Leipzig is er jeblieben."

„Also man bei Leipzig? So? Na, hören Sie, Frau Jevattern, trösten Se sich, Leipzig - des is übrijens ooch ne schöne Jegend!"

Bescheidene Anfrage.

Einem Charlottenburger Kutscher fehlte zur Abfahrt nach dem Orte seiner Bestimmung nur noch eine Person, als sich ein äußerst dicker Herr vor seinen Wagen stellte und mitfahren wollte. Der Kutscher sah ihn erst eine Weile an, schüttelte mit dem Kopfe und fragte dann den Wohlbeleibten: „Nehmen Se's nich übel; wollen Sie janz mit?"

David Kalisch

An die Thiergarten-Verwaltung

Hochverehrte Thiergarteninspektion.

Wissen Sie, wie dem Berliner zu Muthe ist, der sieben lange Wintermonate in der Neumannsgasse starr, stumpf und stockig geworden? Wissen Sie, was es heißt, das janze Jahr in der von dem lieblichen Atem der Berliner Rinnen jeschwängerten Atmostpferde sein Brot zu essen? Wissen Sie, daß ein solcher Mensch ohnehin schon jeneigt ist, mit dem Staat, auf dessen Kehrseite er jeboren ist, den kleinen Jrollmann zu spielen? Wissen Sie, mit welcher jränzenlosen Verschmachtung ein solcher Mensch den ersten schönen Frühlingssonntagnachmittag herbei wünscht, um mit seiner Familie im Thiergarten frische Luft zu schöpfen und sich ein paar Nasen voll Sauerstoff in die dumpfe Kellerwohnung mit nach Hause nehmen zu können?

Wissen Sie das? Nein, das wissen Sie nicht, das können Sie nicht wissen! Auch Ihre hochlöbliche vorgesetzte Behörde weiß es nicht, denn sonst müßten Sie wahrhaftig springen - sprengen lassen, wollt' ich sagen, müßten Sie und wenn es auch wirklich 6 bis 4 Preußische Thaler kosten sollte pro Sonntag Nachmittag.

Die hunderttausend Menschen, die nach der Woche Last, Hitze, Kummer und Nahrungssorgen eine Stunde in Gottes freier Natur das Elend ihres jämmerlichen Daseins vergessen wollen, können für die Millionen Steuern und Abgaben, die sie zahlen, dieses Spreng-Opfer von 6 bis 4 Preußische Thaler auf dem Staub-Altar des sandigen Vaterlandes wohl verlangen. Denn Luft schnappen muß der Staatsbürger von Zeit zu Zeit, sonst schnappt er über, und mit die 6 bis 4 Preußische Thaler, die durch die Staubwirbel und Sandlawinen erspart werden, wird der Berliner Dombau auch nicht früher fertig werden. Also lassen Sie sprengen, sonst wird Ihnen ein Donnerwetter - mit einem furchtbaren Gewitterregen erst den Aufenthalt im Thiergarten erträglich machen können.

Laake,
Berliner Staubjeborner.

Die Besteigung des Monte Cruce bei Berlin

Es war im Winter des Jahres 18.., als ich auf meinen Reisen im Norden die Tempelhofer Ebene erreichte. Viele Wege führen aus diesem Thale nach dem Monte cruce (Kreuzberg).

Gewöhnliche Reisende schlagen zur Besteigung des Gebirges die breite, bequeme Heerstraße ein. Aber ein junger, kecker Stürmer, wie ich damals noch war, verschmäht den breitgetretenen Weg der Alltäglichkeit.

Er will Klippen, Felsen, Schlünde, Abenteuer, Wunder, Unglück. Nur der Esel geht den gebahnten, ebenen, kürzesten und besten Weg nach der Mühle.

Der strebende Mensch wählt den längsten, steilsten, beschwerlichsten. So entschied ich mich denn bald, die Schluchten, die sich zwischen den Kuppen des Monte di Bocko und den nackten Gipfeln des Cave dustro (Die Bockbrauerei und der „dustere Keller", ein damals sehr bekanntes Berliner Lokal) wild und ungeheuerlich hinziehen, mit einem guten, zuverlässigen Führer einzuschlagen.

Aber angelangt auf dem Castello di Bocko hörte ich, daß es keinen Führer am Orte gebe, und daß mich Niemand hinüberbringen könne als der alte Puer cauponius der Herberge, der jedoch bereits von einer englischen Familie in Anspruch genommen war, welche sich in derselben Richtung, die ich einzuschlagen gedachte, in das Gebirge begeben wollte.

„Stehen Sie ab von Ihrem Vorhaben!" rieth mir der greise Wirth des Castells. „Wagen wir selbst doch nur selten und im höchsten Nothfalle diesen Weg bei solcher Jahreszeit. Schon Mancher ward verschüttet da oben in den Felsen, und mancher Engländer, der das Wagstück unternahm, ist nimmer wiedergekehrt."

Ich verwies den Alten auf mein Reisebuch: „Berlin in the westentäsch", nach welchem der Monte cruce noch nicht 7611 Fuß über dem Meeresspiegel, indes die Schneeregionen erst mit 7812 zu beginnen pflegen.

Unmuthig schüttelte der Alte seine grauen Locken.

Aber mein Sinn stand nach Gefahren und Entsetzen. Ich blieb also bei meinem Plane, den Berg ohne Führer zu besteigen, jedoch unter dem Beistands meines vortrefflichen Handbuches und unter Beobachtung der Vorsicht, die Fußtapfen der englischen Familie zu verfolgen.

Ein frugales Mittagbrot war bereitet. Schinken, weiche Eier und Hopfenbier, so genannt nach dem Erfinder Mr. Hopf (Berliner Lokalschriftsteller), der noch auf dem Monte di leben sollte. Welch' einfaches, gesundes, unverdorbenes Leben waltet noch in der Nähe der Wolken, in diesen einsamen Gebirgsstätten. Ein hölzernes Tönnchen ward auf den Tisch gelegt, fromm und still schaarten sich die Familienmitglieder um das schlichte Gefäß und zapften ihre ländliche Mahlzeit so lange daraus, bis ein neues Fäßchen aufgelegt und in die schmucklosen Glasbehälter ohne Deckel gefüllt wurde. Die Verderbnis der Städte, die Unmäßigkeit des flachen Landes hatte hier noch keine Wurzeln geschlagen, und Ordnung, Arbeit, Kraft und Biederkeit schmückten die saftigen, vollen, runden Gesichter der märkischen Alpenbewohner.

Endlich war es vier Uhr Nachmittags.

Der Himmel hatte sich ganz mit Wolken bezogen. Alle Höhen ringsum waren in Nebel gehüllt, und der heftige Wind wirbelte aus den Schluchten Sand und Staub in die Höhe.

„Wir werden heute noch Lawinen haben!" sagte der Führer zu den Engländern.

„Lawinen? Sind Sie verrückt?" fragte ich.

„Stooblawinen!" erwiderte er kalt und ruhig in seiner platten Mundart. „Wat in de Schweiz der Schnee is, des is bei uns hier in die ewigen Sandfelder der Stoob."

„Do you think here is any danger?" fragte mich der Engländer.

„Do not fear!" erwiderte ich ihm und schloß mich dichter an seine Familie.

Der Monte cruce hatte bereits jenes matte Aussehen, welches die Zacken und Spitzen seines Monumentes ganz bleich auf trübem Weiß erscheinen läßt, und schon wehte von der Südseite der Sturm in kalten Stößen.

Schon sahen wir, wenn der Felsenpfad nicht zu gewunden und das Gebüsch an seinen Seiten nicht zu dicht war, die dunklen Haare des wachthabenden Invaliden im Winde spielen.

Endlich begannen die letzten Zeichen des Naturlebens zu sterben. Jede Vegetation hörte auf, die Felsen wurden immer nackter, bis sie endlich ganz aufhörten.

„Wenn der Mensch nur den rechten Weg kennt!" bemerkte der Mylord im reinsten Englisch zu seinen Töchtern.

„Yes! yes!" erwiderten diese.

„O, hier jeht et noch!" versetzte der Knabe. „Aber lahßen Se uns erst vor's abjebrannte Tivoli vorbei sind - denn wird et eklich!"

„The wind is getting higher!" seufzten die Ladies.

„Immer vorwärts!" rief der Führer. „Sie haben et ja nich glooben wollen mit de Lahwinen. Nu heeßt et, sehen, wie wir davonkommen."

„Umkehren! auf der Stelle umkehren!" riefen die Engländer mit bleichen Gesichtern.

„Jetzt unmöglich!" sagte der junge Bergmann, indem er den prüfenden Blick nach dem Himmel hinter uns schickte. „Umkehren is unmöglich. Keenen Schritt rückwärts, wenn Ihnen Ihr Leben lieb is! Sehen Sie nur hinter sich, wie et da aussieht. Det Unwetter kommt uns in'n Rücken. Der Wind treibt es blitzschnell heran. Hier bleibt nischt übrig, als det wir sehen, daß wir nicht von ihm überfallen werden, denn oben auf dem Berge is seit dem Brande weder Schutz noch Hilfe."

Der kaltblütige Ton des Knaben machte ihn uns in diesem Augenblicke zum Manne.

„Da unten" - fuhr er fort und wies nach den finstern Schluchten des Cave dustro - „da unten ruht, was seit Jahrtausenden hinjeworfen is! Wehe, wenn sich der Sturm dort verfängt, es mit furchtbarer Jewalt wirbelt und mit sich fortreißt."

Bei diesen schrecklichen Worten erhob sich die Windsbraut. Staub, Sand, Erde, Zweige, schmutzige Blätter, alte Pantoffeln, Glasscherben, Stiefelsohlen, Topfhenkel, Pantinensplitter und unzählige unnennbare Dinge wirbelten auf und drohten uns in wenigen Minuten zu verschütten - auf ewig zu begraben.

Wir erstarrten!

„Noth lehrt beten!" stammelte der Führer und zog seine Kümmelflasche.

Ein fürchterlicher Platzregen strömte hernieder.

In wenigen Stunden war die Erde so erweicht, daß wir bei jedem Schritte bis zu den Vatermördern einsanken.

Die armen Ladies - sie hatten keine.

Unsere Kleider, gänzlich durchnäßt, klebten an unseren Beinen und eisten dieselben durch ihre Kälte, wie sie zugleich jede Bewegung hinderten.

Aber wir waren gerettet!

Der fürchterliche Regenstrom hatte der Lawine eine Andere Richtung gegeben.
Ich zog mein schon etwas schadhaftes Taschentuch und hüllte die zitternden Ladies in dasselbe. Eine Nummer der Neuen Preußischen Zeitung, die ich zufällig bei mir hatte, diente dem Vater als Regenmantel.

„Sein Se man ruhig!" sagte der Führer - „nur noch wenige Schritte und wir haben Allens überstanden."

Und so war es auch!

Warme Abendsonnenstrahlen fielen langsam vom beruhigten Himmel und belebten unseren Mut. Heiter stiegen wir weiter und erkannten nun erst die Größe der Gefahr, der wir entronnen waren, aber auch die wunderbare Einrichtung der Natur, die nicht will, daß man ohne Kampf und Mühe die Höhen des Lebens und der Landschaften erklimmt.

Nun sahen wir schon die Stufen des Monuments jetzt schon das fehlende Bein des hütenden Invaliden. Jetzt endlich hatten wir den Gipfel des Berges und den unserer Wünsche erreicht.

Welch' entzückende Aussicht lohnte uns für die aus-gestandenen Mühen!

Da lag sie vor uns ausgebreitet, die heilige Stadt, mit ihren unzähligen Türmen, Kirchen, Minarets, Kuppelu, Moscheen und Kunstsynagogen.
Da schlängelte sich in schöner Unordnung die Panke hin, die malerischen Ufer bespülend, tausende von Aepfelkahnsegeln tragend und schwellend. Da lag südöstlich, vom Purpur der scheidenden Sonne umflossen, der Palazzo di Krolli, dort der breite weiße Campo di esercizio, da der Rialto di Eisbockio, dort der Palazzo di Laube de Ila justizia, die Communicacione anhaltico, die via Wadzeccio, die Reezenstreet, Lietzmannsstreet, Sieberstreet, Neumannostreet, dort Waisenbridge, Shillingsbridge, Sechserbridge, und wie sie alle heißen mögen, die tausende von Straßen, Plätzen, Brücken und Palästen.

Nach einer kurzen, einfachen Unterhaltung mit dem mehrfach erwähnten Invaliden verließen wir mit Hinterlassung weniger Silbergroschen den Gipfel.

Der Weg bergab war leicht und gefahrlos.

Noch vor Einbruch der Nacht erreichten wir Rice di Puppo.

Wie herrlich schmeckte der aus Alpenkräutern und Potasche bereitete Weißtrank! Wie köstlich war die aufbrausende Stimmung, in welche uns der Gebirgswein versetzte. Wohlgemuth und rüstig trennten wir uns erst - nach Neune.

Groß waren die Gefahren, unsäglich die Beschwerden der Bergbesteigung, aber die ewigen Wahrheiten, die wir dabei eingeheimst - welch' eine reiche Entschädigung! Nicht Ruhe und faules Sophaleben, Kletterung, Vorwärtsstreben, Weiterdringen, Zielsuchen, Gipfelstürmen lassen uns die Höhe des Kreuzberges wie des Stroußbergs erreichen, von dem aus wir die Aussicht genießen, die unsere Seele in wollüstige Wonnetaumel wiegt.

Da stehen wir oben, über alles Irdische gehoben, der Gottheit nahe, - und tief unter uns liegen die Länder und Städte und Rittergüter und Kohlenbergwerke und Eisenhämmer und Belgische Festungswälle und Rumänische Bahnen und Ostbahnen und Görlitzer Bahnen und Markthallen, und wir möchten ewig hier weilen in der Fülle des Glücks und den Blick schweifen lassen über das unendliche Meer des Erreichten.

Aber siehe da - ein Wind erhebt sich, das Wetter schlägt plötzlich um, der Sturm nimmt uns den Hut vom Kopfe, und mit flatternden Haaren suchen wir vergebens im strömenden Regen das schützende Laubdach. Denn die Höhen sind kahl und die Eisregionen unwirtlich. Und wir neiden nicht mehr den Emporkömmling, sondern sehnen uns nach der Hütte des Tals, nach der Tulpe der Mäßigkeit.

Und unvergeßlich und unauslöschlich bleibt in unserer Erinnerung die Besteigung des Monte cruce.

Als ich zehn Jahre später auf meinen Reisen wieder den Monte cruce besteigen wollte, fand ich ihn nicht mehr. Chaussirte Wege, reizende Landhäuser und anmuthige Gartenanlagen bedeckten das Terrain. Wo ist mein Berg? fragte ich schmerzlich. Hatte ihn der Glaube versetzt? Nein, aber der Kredit - der Actien-Brauerei Tivoli. Nur der Invalide, das Monument und die Aussicht waren geblieben, das heißt die Aussicht der Bier-Actionäre auf 12 pCt. Dividende. Sauft ruhig seine Asche!

Schultze's Manifest an die Spanische Nation

Geehrte Nation und Pyrenäische Halbinsel!

Thu es nicht, August, sagt zwar meine Jattin, indem sie mir über die Schulter sieht, aber ich denke, wie lange wird denn überhaupt noch das janze monarchische Prinzip in Europa dauern? Also immer mitnehmen, wo noch mitzunehmen is, und wenn es auch nur ein paar alte Bilder aus dem Louvre sind, oder sonst ein versetzbares Rational-Eigentum. Darum hören Sie mal, verehrte Caballeros und Hidalgos! so jut wie alle die abgetakelten Generale, scrofulösen Bourbonen und Kron-Prätendenten - auf zehne ein Freiexemplar und im Dutzend billiger - kann sich Unsereiner, der sich doch im Leben versucht hat, wohl auch bei einer wohllöblichen Spanischen Thronbesetzungs-Kommission melden und seine Papiere mang schmeißen, weshalb ich anbei Impfschein, Militäratteste und letzten Mietssteuerzettel mit'n Bruch beizulegen mir jeruhe. Die Vorsehung bedient sich bei ihre Pläne oft unscheinbarer Werkzeuge: Johnson war ein Schneider, und Louis Napoleon ein entsprungener Gefängnissträfling, warum soll nicht auch einmal ein ehrlicher Mann einen Thron besteigen, wenn er auch noch von Isabellen warm ist? Der Mensch find't sich in Allens, wenn er nur erst mal drin ist!

Was nun zunächst meine Familie und Vergangenheit betrifft, so glaube ich hinter Keinem von den bisherigen Prätendenten hinter dem Spanischen Thron zurückstehen zu müssen. Wir stammen nämlich von mütterlicher Seite aus einer Böhmischen Königsfamilie, indem eine Jroßtante von mir eine jeborne Wenzeslaus der Bierzehnte gewesen ist, weshalb auch diese janze Seitenlinie noch heut einen Kamm im Wappenschilde führt. Was mein Vater im Schilde führte, weiß ich nicht, da seine Eltern kinderlos starben.

Doch hatte eine Nichte von ihm auch zuweilen schon Kronische Zufälle, und ein weitläufiger Stiefbruder soll Pfalzgraf gewesen sein. Ein Pfalzbein von ihm besitzen wir noch in unserem Familien-Archiv, welches beim Umziehen verlorengegangen ist. Also wird es keines Zweifels bedürfen, daß ich von echtem Vollblut bin, und kann ich durch ärztliches Attest nachweisen, daß ich so vollblütig bin, daß ich, so wie ich mir nur bücke, jleich kohlensauren Natron genießen muß. Was nun Spanien betrifft, so bin ich hinter einer spanischen Wand jeboren, hat mir meine Erziehung schon früh mit das spanische Rohr vertraut gemacht, und habe ich nach fetten Schweinebraten für span'schen Bittern immer Neigung empfunden. Auch darf ich nicht verschweigen, daß eine Span'sche Fliege mir schon als Jüngling von einer unheilbaren

Brustfellentzündung gerettet hat. Auch selbst in unbemittelten Verhältnissen rauchte ich nur Cuba und kann durch Zeugnisse von den importirten Häusern Fischel, Gerold und Vogelsang hier nachweisen, daß ich mehrfach Proben von Florida, Trinidad, Remedios und Havanna verlangt habe, ohne ein Erzeugnis von diesen Antillen bis jetzt erhalten zu haben. Auch bin ich sonst mit der spanischen Geographie durchaus nicht genirt, da ich mir in „Alcazar" und „Alhambra" hier so zu sagen wie zu Hause befinde, genau weiß wie Malaga gemacht wird (Syrup mit Daubitz) und jeden Abend gegen Zwölfe schon ziemlich Colorado claro bin. Meine Jattin, eine gute Olle Potrida, geht allerdings schon 'n Bisken in's light browne, indeß meine älteste Tochter Senora Jette noch sehr yellow und ein entschiedenes Talent vor Infantin hat. Sie hat sämtliche hundert Vorstellungen von Aschenbrödel ohne dynastische Zwecke mitjemacht, und sich im Klappern mit die spanische Handpantinen einen Ruf erworben, weshalb sie auch den Zunamen „Castan Jette" führt und von Röder schon Anträge bekommen hat. Mein Sohn Don Carlos, ein infamigter Bengel, sag' ick Ihnen, obgleich es nich schön von mir als Vater is, aber den Jungen müssen sie seine Zigarette von echten Pulgian aus die Westentasche drehen sehen, als wenn er mit

Manzanares- und nicht mit Spreewasser jetauft
wäre.

Was übrigens unsere Relijion betrifft, so würden
wir uns jedem Wechsel unterwerfen, mit
Ausnahme des Islams, wo ich einen zeremonjellen
Aberglauben dagegen habe. Ebenso würde ich
wegen Nonnenklöster kein Aufhebens machen,
und mir als juter Katholike Freitags mit
Backfische bejnügen. Also machen wir's kurz, Zug
um Zug, oben die Krone, unten den
Mietskontrakt:

§1. Herr Schultze übernimmt den spanischen
Thron mit Wasserleitung und hält die Treppen
rein!

§2. Das spanische Volk verpflichtet sich, prompt
die Miete resp. die Steuern zu zahlen.

§3. Auf Spanische Erbfolgekriege lasse ich mir jar
nicht ein, da ich immer mit 'ne standesgemäße
Abfindung rückgängig zu machen bin!

§4. Beschwören der Verfassung is nich. Ich wette
bloß, daß ich ihr nich halten werde!

§5. Für alle Fälle bleibt eine kleine Armada in der
nächsten Pyrenähe, um, wenn es schief geht,
nach dem Unterbaum retour rudern zu können.

Gejeben, und noch nischt genommen, am 15. Januar 1869 Calle de Rosa No. 18b.

Schultzos,
Praetendentos de la Espana.
NB. Jedenfalls, mag nu was werden oder nich, bitte ich mir eine Kiste Trabucos aus, so Regalia wie möglich!

Zur Theater-Gewerbefreiheit

Schreibebrief des Weißbierlokalbesitzers Bohnekamm an die Redaktion des Kladderadatsch.

Die Freundlichkeit, mit der Sie mein Weißbierlokal früher besucht haben, flößt mich die Hoffnung ein, keine Fehlbitte bei Ihnen tun zu dürfen, indem es wirklich so nicht mehr jeht. Von Tag zu Tag wird der Besuch bei mir geringer, denn am letzten Sonntag hatten wir schon 23, sage mit Worten dreiundzwanzig Theater in Berlin, wovon 17 auf die eine Seite Theaterzettel, auf die Andere Seite Speisezettel, so daß es nicht lange dauern wird, und sie werden in die Soda-Buden Komödie spielen.

Und so kommt den ooch jestern Abend Einer zu mir, bestellt sich eine kleine Weiße und fragt mich: „Wat jibt es denn?" Ick denke natürlich, er meint: „zu essen" und sage: Sauerbraten mit Klöße!" Nee, - sagte er, - ich meine was heute Abend bei Ihnen gespielt wird? Schaafskopf, sag' ich oder Klabbrias und Sechsundsechzig, es kommt ooch mänchesmal 'n Whisttisch zu Stande! - Unsinn! - sagte er, - ich meine ja nicht gejeut, ich meine jespielt, jejaukelt, gemimt! - Das ist bei mir noch nicht! sag' ick. Na denn dank' ich! sagt er, nimmt seinen Hut und verduftet.

Zuerst lachte ich darüber, aber nachher, - wie's einem ja oft beim Theater jeht, - ärgerte ich mir, daß ich jelacht hatte, und konnte die janze Nacht nicht schlafen, bis ich meinen Plan fertig hatte, welchen ich mir, einem sehr jeehrten Herrn Doktor! zu unterbreiten die Ehre gebe, und um Ihre gütige Unterstützung bitte. Indem mir nämlich ebenfalls jetzt nichts übrig bleibt, als in meinem Lokal eine Bühne zu errichten. Suez cuique! sagt der Lateiner.

Nu hör' ich Sie allerdings in Jedanken sagen: mein lieber Herr Direktor Bohnekamm, wie steht es mit die Bildung zum Kommissionsrat?

So dürfen Sie aber nich verjessen, daß es heutzutage heißt: was ich nicht habe, haben Andere! indem jetzt der Mensch blos ein Jahr dienen will, und bis Secunda jeht, und ein Laufbursche von mir beim Messerputzen seinen Zähsar de Bello Calliko liest, meine Köchin Auguste aber neulich im Kutscherkränzchen vor'm Frankfurter Dhor den Viehkommt von Lettorjöhr verarbeitet hat, propper sag' ich Ihnen, objleich es eine Hosenrolle ist!

Also bin ich auf die Idee gekommen, daß ich mir jar keine Schauspieler angaschiren werde, sondern mit meinen Kellnern und Lehrjungen Komödie spielen werde.

Denn erstens, die juten Künstler sind nicht zu bezahlen und werden von den Theateragenten immer weggeräubert, und bei die schlechten Pojazküs wirft das Publikum mit Jänseknochen oder Mostrichtöpfe, weil das Material dazu vorhanden ist, wodurch aber die Illusion sehr leidet! Aus diesem Jrunde soll bei mir auch während die Vorstellung nicht jejessen werden, einmal weil ich die Leute auf die Bühne brauche, durch die lauten Bestellungen bei den Kellnern Vieles von der Handlung verloren jeht, und zarte Liebesscenen durch „Kalbsnieren mit Kartoffelsalat" oder „Pökelfleisch mit Erbsen und Sauerkohl" gestört werden.

Was nun mein Repertoire betrifft, so werd' ich mir natürlich mit das Klassische nicht einlassen. Sondern vielmehr wollt' ich hierin, sehr jeehrter Herr Doktor, um Ihren erjebensten Rat bitten, indem ich, unter uns jesagt, jlaube, daß so 'ne Stücke, wie sie heute jeschrieben werden, jeder dumme Junge schreiben kann, und ich daher die Idee habe, mir Manches selbst zu machen! Denn was jehört denn eijentlich dazu? Da nehm' ich mir so'n armen Literaten, setz' ihn hinten auf meine Kegelbahn, da stört ihm Keiner nicht, weil es jetzt schon zu kalt für die Jäste wird, futtere ihn mit Hülsenfrüchten, weil die nach Liebig des Jehirn am Besten erjänzen sollen, und sage ihm: Nu machen Sie mir mal 'nem Stoff, wo Eine in Moabit einjemauert wird, und denn besucht ihr der Pfaffe. Titel: Die Herrschaft des Mönchs.

Schauerspiel mit Benutzung des Jaribaldi. Da rennen ja die Berliner vier Wochen nach! Das sieht sich sogar der Hof an! Und nu lasen Sie mir nur erst 'mal einen Prinzen drin jehabt haben, denn zieht sich det janze Proscöniums-Publikum von det Opernhaus und Schauspielhaus zu mir, und Wallner und Vicrtoria werden Erbbejräbnisse! Aber es schlummert noch eine janz Andere Idee in mir: Ich lass' die Jäste mitspielen, det Publikum. Von die weiblichen Zuschauer wird die Schönste ausjeloost, und an die Kasse jesetzt, um det Eintrittsjeld nach Belieben einzunehmen.

Wer doppeltes Angtrō bezahlt, kann auf die Bühne rauf und mitmachen. Et jiebt ja zu viele Menschen, die gern 'mal 'n paar Ritterstiefeln anziehen möchten, und nu erst die Frauenzimmer.

Panem et Circus Cinisellil sagt der Lateiner, also bitt ich Sie um Ihre Ansicht davon, und ob Sie mir, geehrter Herr Doktor, einen Prolog leisten wollen, weil ich doch gern mit einem Namen aufangen möchte, und ich mir gewiß dafür bei Ihnen zu Weihnachten dankbar erzeigen würde, indem er in Versen sein kann, und Sie ja darin sagen könnten, daß es mir nur um die Kunst zu tun ist, indem dieses nämlich das ganze Geheimnis der Dramatik sein soll, daß immer was Andres kommt, als man erwartet, was jedoch in Bezug auf Ihr Honorar gewiß nicht der Fall sein soll.

Der ich bin Hochachtungsvoll
Bohnekamm.

Berliner Sehenswürdigkeiten

11. Der fliegende Hund.

Vampyr, Grabesflügler, Schreckenthier oder Blutsauger, in Arnim's Hotel, Unter den Linden. Abends sieben Uhr bei Beleuchtung des Schauplatzes.

Schultze. Verzeihen Sie, können Sie mir sagen, wo es hier hereingeht zu dem Herrn, wo der fliegende Hund is?

Der Herr vom fliegenden Hund. Das bin ich selber.
Schultze. Ah, sehr anjenehm. Könnten wir wohl noch einen Stehplatz bekommen?

Der Herr. Sie wünschen das Thier zu sehen?

Schultze. Ja, - was beträgt das Entrée, wenn ich fragen darf?

Der Herr. Funfzehn Silbergroschen pro Person. Hier ist die Kasse.

Schultze. So? Je nun - ich wollte eijentlich mit meine Familie herkommen. Ist es denn auch etwas für Kinder?

Der Herr. Gewiß. Wollen Sie sich nicht überzeugen? Bitte! (Lüftet den Vorhang). Treten Sie doch ein.

Schultze. Je nun - wie gesagt - bloß einen Blick. Ich habe nicht viel Zeit. Komm', Müller!
(Stellt Müller vor.) Mein Freund, Herr Müller aus Berlin, Regierungsbezirk Nassau.

Der Herr. Bitte, treten Sie nur mit ein.

Schultze. Sie haben keinen Nachteil durch ihn: er sieht des Abends nicht gut, er hat blos noch einen kleinen Schimmer.

Der Herr. Bitte, das macht nichts. Sie haben nicht nöthig, etwas zu zahlen.

Schultze. Nein, das thun wir nicht. Wir sind von der Presse und dürfen nichts annehmen, weil wir ein Urtheil haben. Um Verzeihung, ist dies der fliegende Hund, welches Thier dort in der Mitte hängt?

Der Herr. Zu dienen. Dies ist der Vampyr.

Müller. Er ist auch bereits zu einem Operntext verarbeitet worden, wenn ich fragen darf?

Der Herr. Wie meinen Sie?

Schultze. Er beißt doch nicht?

Der Herr. Nein, treten Sie ohne Sorge näher. Nur bei vollständiger Dunkelheit fällt der fliegende Hund Thiere und Menschen an, indem er Ihnen das Blut aussaugt, das Fleisch aber liegen läßt.

Schultze. Damit würde mir nu weniger gedient sein.

Der Herr. Dies geschieht jedoch nur in der Freiheit. In der Gefangenschaft lebt er von dem Saft süßer Früchte, von Honig und verschiedenen Zuckerwaaren."

Müller. Also der reine Bonbonschultze?

Der Herr. Den Tag über schläft er mit herabhängendem Kopf, wie alle Nachtvögel. Sobald jedoch die Dämmerung eintritt, macht er die Flughäute frei.

Müller. Mit 'ne Briefmarke?

Schultze. St! Stille doch! - Sie verzeihen, warum heißt er eijentlich der fliegende Hund? Der Herr. Weil der Kopf einem Fuchse ähnlich sieht und ihm die Füße gänzlich fehlen."

Schultze. Drum eben! Ich wunderte mir schon, daß er sich nich schubberte. Er scheint in dieser Beziehung wenig von den Hunden zu haben.

Der Herr. Er ist das erste lebende Exemplar, welches in Europa gezeigt wird. (Er steckt die Hand in den Käfig und faßt den Vampyr.)

Müller. Sie - lassen Sie das sein! - Machen Sie keine Witze!

Der Herr. O seien Sie unbesorgt, meine Herren. Wie ich Ihnen bereits gesagt, ist das Thier unschädlich, so lange es hell ist. Nur in der Dunkelheit ist es ihm möglich Müller. Können Sie denn nicht 'mal die Rouleaux 'n Bißchen 'runter lassen, damit er aufrührerisch wird?

Der Herr. Dies würde gefährlich sein und möchte leicht zu einem Unglück Veranlassung geben. Ich selbst wage mich des Nachts nur in einer Blechmaske mit Glasaugen zu ihm.

Müller. Aber hören Sie 'mal, des is ja jrade das Interessanteste! Wenn Sie das für nächsten Sonntag ankündigen, denn haben Sie es so voll, daß kein Apfel zur Erde kann.
Der Herr. Meinen Sie?

Schultze. Versteht sich! Da kennen Sie Berlin nicht.

Der Herr. Das Thier könnte jedoch leicht Jemanden durch seinen Biß verletzen.

Möller. J, die Berliner beißen auch auf Alles. Wenn Sie an die Säulen schlagen lassen: „Heut Abend, jroßes Vampir-Ausschieben und frische fliegende Hundekeile; jeder jeehrte Jast erhält an der Kasse eine Blechmaske mit Jlasaugen" - denn sollen Sie was erleben!

Der Herr. Ein starker Zuspruch würde mir allerdings sehr angenehm sein. Wünschen sich die Herren noch die Schmetterlinge anzusehen?

Schultze. Danke herzlich. Eine Seeschlange haben Sie sonst nicht?

Der Herr. Nein, aber die Herren sind doch wohl mit der Schaustellung zufrieden?

Müller. O gewiß. Man kann sich ein Viertelstündchen hier recht angenehm unterhalten. Nur wie gesagt, das Entrée wünschte ich etwas niedriger. Vielleicht: „Erwachs'ne zahlen in Begleitung von Andern jar nischt! Kinder die Hälfte." Da würden Sie ein schönes Jeld zusammenschlagen!

Inhaltsverzeichnis